黑色城堡

LE CHÂTEAU NOIR

[法]塞奇·布鲁梭罗　著

王殿忠　译

魔眼少女佩吉·苏

Peggy Sue

接力出版社

桂图登字：20-2005-015

图书在版编目（CIP）数据

黑色城堡/（法）布鲁梭罗著；王殿忠译.—南宁：接力出版社，2005.6
（魔眼少女佩吉·苏）
ISBN 7-80679-868-4

I.黑… II.①布…②王… III.儿童文学-长篇小说-法国-现代
IV.I565.84

中国版本图书馆 CIP 数据核字（2005）第 037028 号

总策划：李元君 白 冰 黄 俭 黄集伟
责任编辑：陈 邕 美术编辑：郭树坤
责任校对：张 莉 责任监印：刘 签

出版人：李元君
出版发行：接力出版社
社址：广西南宁市园湖南路 9 号 邮编：530022
电话：0771-5863339（发行部） 5866644（总编室）
传真：0771-5863291（发行部） 5850435（办公室）
E-mail:jielipub@public.nn.gx.cn

经销：新华书店
常年法律顾问:北京天驰律师事务所

印制：三河市汇鑫印务有限公司
开本：890 毫米×1240 毫米 1/32
印张：10.375 字数：200 千字
版次：2005 年 7 月第 1 版 印次：2005 年 7 月第 1 次印刷
印数：00 001—20 000 册

定价：18.00 元

质量服务承诺：如发现缺页、错页、倒装等印装质量问题，可直接向本社调换。
服务电话：0771-5864694 5863291

人物简介

佩吉·苏——

佩吉·苏·费尔内，十四岁。她一头金发，脑后束着个马尾辫，有两绺头发不听话地伸在前额。她的眼睛还非常近视。穿一件玫瑰色条纹上衣，一条绿色牛仔裤，脚下蹬着一双小靴子。很久以来，她就同那些只有她自己才能看见的隐形人作斗争(这些天外来客以在地球上制造混乱为消遣)，但大家都认为她神经不正常，她的爸爸妈妈也为她感到不安。经过多次的艰难险阻，她终于战胜了那些隐形人。哎呀呀，正像她的外祖母所说的："世界上鬼怪的种类真的和狗的种类一样多呀！"正是这样，她每一次的历险，都是和不同的幽灵战斗，尽管它们的魔法有大有小。佩吉·苏不去念中学了，她决定和外祖母生活在一起，并决定开一家专卖奶油水果馅饼的餐馆，或者开一家服装店，由她自己做衣服出售。当时她对……还不太了解，因此，她必须在两场灾难之间，对这一切进行冷静的思考！但有一件事是肯定的，即：她既不愿意当一名女巫(因为那一套魔法程序太难学，而她的记性又非常之差)，也不想使自己具有多么奇特的本事。她所希望的只有一件事：想过一种像她这种年龄的女孩应该过的平淡生活。佩吉·苏是一个很平常的女孩，但她却有着极不平常的经历！

格拉妮·卡蒂——

她的真实名字叫卡蒂·埃兰·弗拉纳甘，是佩吉·苏的外祖母，她的职业是乡村女巫。她出售一种可以解除疲劳的外套，还卖一种十分安详的猫。这种猫可以影响它们主人的神经，从而使他们也变得十分平静。她尽管稍有一点疯癫，但却非常机敏，并且随时都准备着投入一场新的冒险行动中去。她的本领不算大，她的宠物是一只能放臭屁的癞蛤蟆，到处散发可怕的臭气。

蓝狗——

原先它本是四处流窜、可怜巴巴的一条狗，但它的神经被太阳的魔光辐射后，就变得特别机灵了，甚至在某些时候，它还表现得有点儿疯狂……它的毛色显现出一种极其特别的蓝色。它总是喜欢在自己脖子上挂一条领带！它有一种通过思想渗透的方式和人类交流的本领。它极爱发火、贪吃，但却很勇敢。它十分好斗，特别喜欢啃骨头。它没有名字，也不乐意要名字，因为这正是它面对人类表现出它特立独行的一种方式。它也是佩吉·苏的忠实伙伴，曾十几次救过她的命。

塞巴斯蒂安——

他是佩吉·苏的一位朋友。七十岁，却保持着十四岁男孩的外表。为逃避苦难，他躲在一个神奇的虚幻世界里，在那里，尽管岁月在流逝，但人们却一天也不老，因此，光阴尽管一天天过去，可塞巴斯蒂安却老是长不大。经过一次难以想像的冒险，他成功地从关他的监狱中逃了出来。可怜他为了能和佩吉·苏在一起，不得不同意自己变成一个用沙子堆起来的活着的雕像，一旦没有了水的滋润，就会立刻变成一堆沙土。他的生存也并不那么容易，他非常想摆脱这种厄运，以使自己重新变成一个人，能够同佩吉一起过一种正常的生活。他长得非常帅气，长长的黑发，双目炯炯有神。他的肤色呈暗褐色，这就是使他很像阿帕切族年轻的印第安人。因为他并不是真正意义上的人类，所以塞帕斯蒂安就不需睡觉，也不需吃饭。他有巨人般的力量，只不过有些过于自信，所以就常常遇到挫折，感到失望。每当由于缺水，身上变得干燥时，他便倒在地上变成一堆沙土，因之，他的记忆也便像那堆沙土一样让风吹走，成为一片空白。当人们用纯净水浇灌他时，他便立刻成形，但他对这种不由自主的方式非常反感，因此，某些时候，他的脾气就总是不好。他经常对自己说，他正在破坏着佩吉·苏的生活，因为她应该有一个形体更加完美的朋友。但她却不是这样想！

目 录

致本书中文译介主持人钱林森教授的信…………………塞奇·布鲁梭罗 (1)
序………………………………钱林森 (1)

第一章 扭动的蛇大街………………………… (1)
第二章 刽子手之家……………………… (15)
第三章 凶险的书店…………………… (28)
第四章 白猫，虎斑猫……………… (46)
第五章 奇怪的入侵者……………… (60)
第六章 吸血者的贪欲…………………… (66)
第七章 历险途中………………………… (80)
第八章 小人村里的囚徒………………… (86)
第九章 雾气弥漫的袖珍城…………… (97)
第十章 皮包骨医生………………… (104)
第十一章 疯疯癫癫的瑞典人…………… (124)
第十二章 废墟之谜…………………… (143)
第十三章 恐怖的花园………………………… (150)

第十四章　老鼠的医生…………………… (170)
第十五章　玩偶漫步…………………… (182)
第十六章　黑色城堡的遇难者………… (200)
第十七章　怪兽的秘密………………… (220)
第十八章　恐龙的俘虏………………… (233)
第十九章　恐龙开始出行……………… (245)
第二十章　身上长鳞的小伙子………… (259)
第二十一章　狼人的律法……………… (265)
第二十二章　幽灵们最后的战斗……… (280)
第二十三章　事情又走上了正轨……… (287)

附录一　作者的信…………………… (291)
附录二　读者来信…………………… (293)

致本书中文译介主持人
钱林森教授的信

亲爱的钱先生：

读到您的信有些迟了，因为好几个星期我都不在巴黎。

我非常高兴，中国的孩子们今天能读到佩吉·苏的奇遇了。在我的孩提时代，我的母亲给我讲过许多东方故事，特别是中国和日本的民间传说，正是这些故事促使我产生了编织故事的爱好。事实上，我觉得这些民间传说比法国传统故事更美、更富有创造性，还更神秘、更可怕。可以这么说，今天，如果我也能让中国的孩子们着迷、高兴，也能带给他们往昔我聆听他们国家的故事时所获得的那种幸福的话，那么，我会感到非常高兴与自豪。

最热忱地问候大家！

塞奇·布鲁梭罗

2003年6月16日，巴黎

序

钱林森[1]

两年前，当“哈利·波特”在英伦三岛以新的幻想文学旗帜引领全球性的时尚阅读潮流，在国际读书界独领风骚的时候，人们就在私下猜想：这对隔海相望的法国人——对欧洲大陆这一具有极其丰富的想像力和创造天赋的民族来说，对“科幻小说之父”凡尔纳的故乡来说，无疑是不能接受的落寞与难堪。果真，就在英伦女作家罗琳笔下的小男孩哈利·波特愈来愈走俏，以动人的“魔力”在全球掀起更为火暴的阅读狂潮的时候，浪漫而不甘寂寞的法国人便推出了“魔眼少女佩吉·苏”魔幻系列小说，让戴着一副魔法眼镜的十四岁的女中学生佩吉·苏登台亮相。推她出台的，是法国当代魔幻故事大师塞奇·布鲁梭罗(Serge Brussolo，生于 1951 年)，一个已创作了

① 南京大学比较文学与比较文化研究所所长、教授、博士生导师；中法比较文学著名学者；中国比较文学学会副会长，中国文化书院跨文化研究院副院长，中国作家协会会员。

近百部科幻小说的高手。英国女作家笔下的小男孩和法国男作家笔下的小女孩，恰似当红时兴的幻想文学世界的“阴阳”两极，堪称当今魔幻世界的金童玉女，由他们拓开的全新阅读视野，确实令亿万大小读者耳目一新。

历史常常有惊人的相似：1818年，英国女作家玛丽·雪莱发表了世界上第一部科学幻想小说《科学怪人》之后，过了近半个世纪，法国人儒勒·凡尔纳(Jules Verne, 1828—1905)才想起要步英国女作家后尘，于1863年发表他第一部科幻小说《气球上的星期五》，此后又接二连三地发表了《格兰特船长的女儿》、《海底两万里》、《神秘岛》、《从地球到月球》等六十余部幻想作品，成为那一时代风靡全球的“现代科学幻想小说之父”。有趣的是，一个多世纪后的今天，也是由法国男作家“挑战”英国女作家：在铺天盖地的“哈利·波特旋风”强劲吹动下，布鲁梭罗的魔幻系列“魔眼少女佩吉·苏”也一鸣惊人，并且一发而不可收，相继推出了四卷：《蓝狗时代》、《沉睡的恶魔》、《地心蝴蝶》、《魔法动物园》。它们虽然比“哈利·波特”慢了三年多，却已翻译成近四十种语言，在近五十个国家和地区广泛传播，在全世界形成直逼“哈利·波特”的势头。不仅如此，布鲁梭罗还同时进行着另一套魔幻系列“西格莉德和隐秘的世界”的创作，并且在一次媒体采访中提及“哈利·波特”时明确地说:“许多孩子认为哈利·波特的世界太过古老了。”听其言，大有向女作家罗琳“叫阵”、“比试”的味道。于是，就有学者猜测，布鲁梭罗——法国文坛幻想文学的高手，必定是“哈利·波特”最强有力的“叫板者”。确实，观其态势，谁能说，上个世纪凡尔纳“较真”邻国女作家的故事就不会重演一次呢?

英法作家“较劲”的结果如何，暂别说它，我们先看作品。凡是读过布鲁梭罗“魔眼少女佩吉·苏”头几部小说的人，都会惊叹，这位“法国的斯蒂芬·金”果然出手不凡:他的作品和“哈利·波特”一样，同样充满了匪夷所思的超尘世的想像和超自然的具象描写;其中的主要人物——女英雄佩吉·苏，戴上一副能洞观神秘隐形人的魔法眼镜，像哈利·波特拥有魔杖一样，同样具有呼风唤雨的魔法。然而，布鲁梭罗却摒弃了魔幻作家通常所津津乐道的阴森恐怖或打斗格杀、血肉横飞的场面，取而代之的是寓格斗于心巧、化惊恐为神妙、融怪诞于幽默的场景，每部作品都充满了人性化和人情化的文化景观。作者以高远神奇的想像和轻盈谐趣的笔致，为我们创造了一个悬念迭起、妙趣横生、奇妙无比的文学世界。在这个世界，不可思议、难以置信的事随时都可发生，令你惊诧不已;在这个世界，有许许多多生意盎然、神秘莫测的人和物，让你心悸痴迷。酣畅淋漓的描写、紧张诡秘的场面、机敏诙谐的人物，让你屏息、让你发笑，也让你思考。故而，读者每每打开书卷，就爱不释手，其引人入胜的魅力，完全不在“哈利·波特”之下。难怪“魔眼少女佩吉·苏”在巴黎上市后，法国老少读者都不无骄傲、异口同声地说：“我们不仅有哈利·波特，还有佩吉·苏！”“佩吉·苏——哈利·波特的妹妹登场了！”

从凡尔纳到布鲁梭罗，由“科幻”而“魔幻”，发展到今天这个地步，取得如此骄人的成功，法国人完全有理由自豪，也着实令人起敬和深思。作为幻想文学的一翼，科幻也好，魔幻也好，依我个人的理解，它们总是作者对所处社会和时代思考的产物，“魔”也罢，“幻”也罢，在“魔幻”的外衣下，它们表现的根底层次总是与人类生存、文明命运息息相关的方面。读过佩吉·苏的读者都会发现，布鲁梭罗笔下这个女主角，绝非是不食人间烟火的英雄，而是再普通不过的邻家乖乖女。她生长在正常的家庭里，不仅父母双全，而且还有个姐姐：姐姐正在快餐店打工，一心想成为女强人。父亲失业，母亲企盼住上农庄，好养几匹马。作品中的佩吉·苏有普通女孩子的平常心和平常的感情，虽说她“有幸”被仙女选中，拥有一副照妖的外星水晶魔法眼镜，成为人世间惟一能与隐形人相对抗的“巾帼豪杰”，但她也很在意鼻梁上的眼镜会不会使自己变丑，更在乎身边的男孩对自己的感觉，即使在云里雾里的魔法世界里，也不忘记与男孩一起体验瞬间即逝的纯真感情。作者在创造这个“魔女”形象时，极力将她置于普通人的现实社会中，紧紧地贴近人类现代生活的脉搏，在天马行空的想像中，写她的幻想、憧憬与追求，写她的智慧、机智与勇敢，写她怀抱拯救人类于危难之中的胸怀与温情，写得荡气回肠，亦真亦幻。

难能可贵的是，布鲁梭罗不只在主要人物身上投射着如此鲜活的现实感和时代感，而且在整个作品的创意中，在整体形象上，包括魔幻世界中出没于各个角落里的隐形人，活跃在各个层面、各种场景中的奇人异物，都是那些富有生命力的动植物，那些充满人性和智慧的树精与花妖，那无私奉献的美丽蝴蝶，那善解人意的机灵蓝狗……所有这些形象的塑造上，不仅高度地人格化和人性化，而且都被作者赋予一种新颖的现实感和鲜明的时代色彩，都投入了他对自身所生存的社会与时代的哲学思考，倾注着他对人类命运的深切关注与忧思。比如，隐形人无端作恶，唆使动物造反，迫使小镇居民通过一项禁止穿皮货、食肉的决议，在光怪陆离的现象中和滑稽荒诞的氛围里，寄寓的是对人类生存境况的忧思，提出的是生态环境、自然和谐的命题；又比如，魔幻花园中所演练的一幕幕魔化景观，以及那赫然巨大的城堡形象，折射的便是作者对西方文明无止境的占有、堆积、贪婪弊端的深刻反思，张扬的是生命平衡的理想；再比如，在天空飞翔的巨型蝴蝶，单是那遮云蔽日、造福于人类的神奇双翅，飞出的并不是脱离现实的梦呓，而是对人类的创造与享乐，资源开发与利用，文明进程中的积累与消耗，多与少，大与小，这些极具深刻哲理的现代思考和居安思危的人文关怀。就这样，作者在幻化或魔化的构设中，以凡尔纳式的率真好奇的天赋，和着东方故事出神入化的风韵，驰骋在想像的空间，出于意表而入于情理地营造了自己的艺术世界，为时新的幻想文学注进了新的内涵，表明他不愧是凡尔纳的子孙，不愧是极富创造力和幻想天才的法兰西民族的骄子。直面作者创造的这个世界，法国孩子们说："我们并不生活在脱离现实的想像空间，大人们没有把我们当傻瓜。"这也许就是"魔眼少女佩吉·苏"的魅力和人文力量。在这里，我们看到的，不单单是布鲁梭罗对英国女作家罗琳的"比试"和"较真"，更多的是他对前辈凡尔纳，对包括盎格鲁—撒克逊人在内的西方文化的思考和继承，对包括中国文化在内的人类文明的交融和会通。

作为幻想文学体裁的科幻或魔幻作品，在其漫长的生长发展的过程中，经受了，现在仍然经受着太多的误识与曲解。人们常常把这种幻想文学作品等同于科普读物，等同于儿童读物或畅销读物，把它视为“好文学”之外的“次文学”，或纯文学之外的“副文学”，抑或纯而又纯的消费文学，似乎只能与间谍小说或蹩脚的侦探小说一起，摆到车站或码头书亭的旋转陈列盘上，供旅行的人阅读消遣，供无所事事者解闷。这显然是一种狭隘的偏见和审美错觉。如果说，过去我们读凡尔纳、读更为经典的《小王子》，尚未能消除这种误解和偏见，那么，现在读“哈利·波特”、读“魔眼少女佩吉·苏”，当该是彻底抛弃这种狭隘偏见的时候了，在举世争阅哈利、佩吉的潮涌中，我们应该更新固有的阅读观念与审美观念，根除精英习见，站到兴趣多样的广大读者位置上来，比如，萨特的位置，他曾在《词语》（Les Mots）中说：“如今我仍然更乐意看祸不单行，而非维特根斯坦(Wittgenstein)的作品。”走进广大读者的位置，摆脱精英偏见，看童话、看畅销书，就有一番新的理解，童话不是低智能的产品，畅销更未必是平庸的标记。作为一种独立的文学样式和独特的文化现象，科幻小说或魔幻小说所营造的文学世界，是一个有自己的法则、自己的历史、自己的发展的世界。它有自己独立的品格，这种独特的品格，就在于它要幻想，它是幻想文学。它引领我们进入了想像的领域，它的主要目标是营造想像的空间。作家需要张开想像的翅膀，用语言垒起幻化或想像的文学世界。读者进入这个文学世界，也要依赖自己的想像，驰骋在没有终结的时空里，从而获得阅读的满足和美感享受。这对所有的读者都一样，不论年龄大小。不过，这个想像的世界，特别得到孩子们的青睐和喜爱，因而，幻想文学也往往与童话携手、结缘。就“魔眼少女佩吉·苏”而论，如上所述，相较于时下铺天盖地的幻想文学作品，不论是从整体创意和主要形象的塑造，不论是对想像的开发、现实的思考，或者是对人性童趣的掘进，都堪称作者为孩子们，也为大人们奉献出的一个“更现实、更恐怖、更引人入胜、更让人心悸”，更能“真正激发孩童乐趣（充满紧张、跃动感）的狂想作品”。它是儿童文学（读物）的佳作，也是“好文学”、纯文学的精品。那新鲜活脱的现实感，那深沉的文化意蕴，那以拯救人类为己任的英雄形象，那撩人心魄的童趣和奇妙无尽的想像，构成了一种内在的动人的艺术力量，吸引着孩子们的心，也吸引着大人们的心，彻底打破了纯文学和消费文学的界限，跨越了接受者阅读年龄的代沟，而成为老少皆爱的文学佳作。正是这种动人的艺术魅力，吸引我这个老读者丢下紧迫的研究课题，从书斋中走出来，欣然接受接力出版社的邀请，承担起“魔眼少女佩吉·苏”中文译介主持工作；也正是这种动人的艺术力量，吸引着本套丛书老中青三代女翻译家放下她们手头的研究或翻译工作，在“隐形人”——SARS突然袭击的非常时期，与书中的女孩佩吉·苏心气相通，以东方女性——中国女孩子、母亲、母亲的母亲——所特有的细腻文笔与温爱，译出了这套幻想杰构的前三本，呈现于我国广大读者面前。

历史往往有着太多的巧合：当布鲁梭罗这套“叫板”“哈利·波特”的杰作“魔眼少女佩吉·苏”行将在中国面市的时候，正是他的前辈凡尔纳的代表作《海底两万里》100年前流传到中国的日子，也正是21世纪，中法两国领导人所共同倡导的中法文化年第一个旅程的日子，恰巧，又正值“隐形人”的变种SARS在中国神州大地全面崩溃的大喜日子——中国的天还是蓝湛湛的，地还是绿绿的，山还是那么青，水还是那么美，仿佛是佩吉·苏在魔法世界所刻意谋算的好日子。然而，细想起来，促成这种百年难遇的巧合的，既不是佩吉·苏姑娘的妙算，也不是历史的偶然，更不是宿命的定数，而是东方知识精英、中国文化巨人、伟大的鲁迅先生。正是他于1903年本着“改良思想，补助文明”的宗旨，首先将凡尔纳的《月界旅行》（即《从地球到月球》）和《地底旅行》（即《海底两万里》）译介到中国，由此而揭开了近代中法文学和文化交流的序幕，开拓了一个世纪中法文化交流的历史航程，才有今天新世纪的中法文化年；是他确立的“改良思想，补助文明”的文化取向，才使我们——翻译家、策划、出版家、编辑对“魔眼少女佩吉·苏”多几分理解，通力合作，促成这套丛书在中国的问世。因此，从这个角度看，对布鲁梭罗这套丛书的出版、译介、阅读，这种种不同形式的接受和参与，绝不是对魔幻作品赶时髦，而在一定意义上，是对早已作古的、伟大的鲁迅和凡尔纳的一种缅怀和纪念，是对中法这两位先辈所开拓的中法文化交流事业的一种继承和行动。如果是这样，那就让我们大家都积极行动起来吧！不是大步奔向美食快餐店，去饱餐大众文化快餐，而是迈步走向书店，去购买“魔眼少女佩吉·苏”，去品尝幻想文学的精品。它是真正意义上的“好文学”、美文学，走进去，不仅让你乐、让你笑，也让你深深思考，耐你细细咀嚼。如若不信，请打开书页阅读吧！可爱的、动人的佩吉·苏姑娘正向你招手微笑呢！

2003年7月24日，南京大学

第一章

扭动的蛇大街

佩吉·苏在黑色城堡的通道上狂奔，极力想逃避正在后面追她的什么东西或什么人。只听那东西沉重的脚步使墙壁都震动……

她不晓得谁在追她。只晓得，如果自己不想死在紧追不舍的那个家伙的利爪下，那就只有飞快地跑。

“塞巴斯蒂安！”她大声喊道，“还有蓝狗！你们在哪儿？快来帮我，求求你们了……”

哎呀，不论是塞巴斯蒂安还是蓝狗，都没有回音。她气急败坏地独自一人在这座巨大的城堡内奔跑，气都喘不出了。

“我甚至都想不起我到这儿来做什么，”她这样想，“这实在难以相信，我觉得我已经没有了记忆。”

一阵胸痛，使她的左胁难以承受，她感到自己马上就要瘫倒了，不可能再这样继续跑下去了。

这座城堡十分巨大，里面弯弯曲曲的。她感到恐惧。城堡的形状像个石雕的仙人掌，又像一头巨兽，外面披着一层硬壳，上面立着许多尖塔和碉堡。这实在是一头凶恶的怪兽。

佩吉在一条通道的拐弯处停下来喘口气，但后面的脚步声又近了。嘭！嘭！嘭！……她的周围一片漆黑。石块、土地、高墙，都是黑色，直使人觉得这座城堡也是在漆黑严寒的夜里建造的。

她身后的脚步，发出金属的声音，好像追她的那个东西脚上穿的是一双像汽车那么大的铁皮鞋。

这个年轻的姑娘开始由奔跑变成走路了，她实在已是筋疲力竭。那个东西马上就会赶上她，这是毫无疑问的。

成群的蝙蝠密集地在拱顶下飞来飞去地盘旋。她小声尖叫着：“黑色的城堡……黑色的城堡……黑色的城堡……”

这几句话并没有产生任何效果！

于是她便打算停下来，但佩吉终于看到了一道通向外面的门。一个无人照看的荒废花园把这所房子围住，真正形成了一片荆棘。少女便走了进去。很快，她的衣服便被刺藤剐破了，皮肤也出了血。但她仍然坚持向前走，她的生命能否存在，就在此一举了。无论如何她也要不惜任何代价离开这座可诅咒的城堡。

突然，许多吓人的雕像在荆棘中出现了。这些雕像奇丑无比，以至于佩吉都无法说出它们到底像什么，有的像鳄鱼，有的像大蜥蜴，但又有一半像人……只见这些东西都向她做出怪相，似乎在嘲笑她。

在极端恐惧中，她决心向身后看一眼，这一看竟使她不由自主地发出一声惊呼。只见一个巨人般的骑士，身穿黑色盔甲，正在弯腰俯视荆棘丛中的小路，一边伸着胳膊，正要捉住她把她放在自己的护身钢甲里。

“我是这城堡的主人！”只听他大声吼叫着，十分吓人，那声音就像从罐头盒里发出来的，“你从这边走，好让我收拾你！”

此人的个头和城堡的主塔一样高。他的金属头盔上伤痕累累，好像是经过上千次激战幸存下来的。

就在这时，一个尖刺突然刺中佩吉的右肋……

她于是便醒了。

她发现自己正躺在列车的座位上。而那只蓝狗正在轻轻地咬她的脚踝。

“你醒一醒！”它这样命令她，“你做了一个噩梦。”

少女立刻坐了起来，心脏还在突突地跳，仍然被噩梦控制着。

“这太可怕了。”她含糊不清地说，“就像真的一样。”

塞巴斯蒂安此时已溜进了书店。那本书就在这儿，放在一架生了锈的铁制书籍陈列架上。那绿皮的封面上布满了一层有毒的斑点。

“这也很正常。”这个男孩想，“因为它是用有毒的癞蛤蟆皮包装的。”

这本书不时地无人翻动就自己打开，就像鳄鱼要呼吸时自动张开嘴一样。这时这本书就会发出一股垃圾味，叫人忍不住会捂住鼻孔赶紧逃开。

“这没什么奇怪的，”塞巴斯蒂安又想，“因为书里的文字本来就是用蛇胆写的。”

这本魔法书刚一打开，便又立刻劈里啪啦地合上了，那情形就像一把剁肉刀在剁肉。那封面的边口，好像一把磨得锋利的刀，一不小心就能割掉读者的手指。

塞巴斯蒂安向地上看了看，立刻打了一个寒战。只见地上明明白白地布满了被从第二指节切断的手指。

这部书看来是不喜欢别人读它，于是它便想方设法保守那些印在本书里的秘密，那些在古老的年代里记下来的秘密。

“你好！”塞巴斯蒂安说，“我希望你还是别向我使坏，嗯？我从很远的地方来，专门来向你咨询，那么我们最好还是别开玩笑，如果你希望我们能成为伙伴的话。”

说罢，他在黑暗的书店里又向前走了两步。这时他似乎感到堆在书架上的所有的书都因惧怕而颤抖起来，但却也看不出有什么大动静。突然间满屋子都充满了水栖动物并发出很大的臭味。那位向塞巴斯蒂安透露这个书店地址的人曾叮嘱过他，在这里走路要多加小心，要像一个探险家经过满是毒蛇的蛇窟一样。

“这些书都是些肮脏的动物，”那人嘟囔着说，“很可能有时它们会互相吞食，它们在架子上互相追逐，就像兽类在森林里互相追逐那样。”

“那么，当一本书吞食了另一本的时候，会怎么样呢？”塞巴斯蒂安问。

“那它就会变得更厚了。”那人回答说，“哪本书的章节多，哪本书的页数就多……这就可以使它在书架上的同伙们中间炫耀自己。但你要当心，它们可不会清高到不去吞吃读者的手指的！我就认识一个好奇的小伙子，他从这个书店出来时，就断了一只手。”

塞巴斯蒂安匆忙地又向书架那边迈了一步。

“千万要小心，”他心中暗想，“不要忘记，我现在正处在一个魔鬼的书店。这些书都是些货真价实的小鳄鱼，它们绝不会轻易让第一个到这儿的人读它们的。”

在钢制的书架上，那本魔法书发出一种低沉的咕噜声，这书的每一页都像一个长方形的舌头。

“如果你想医治你的毛病，”那个人曾对他这样说，“如果你想摆脱那些可恶的沙土，重新变成一个正常的少年，那你就应该到这个书店里去。你会在那里找到那本治病的魔法书，它会告诉你，要去找谁才能得到你需要的药物。”

“治病的魔法书？”塞巴斯蒂安重复了一句。

“是的，这是一种类似统计年鉴的书，上面记载了所有的术士和魔法师，这些人专门医治疑难杂症。他们能够治愈各种奇症、绝症。你在翻看这本书时，肯定能找到他们的地址。问题是，你必须活着走出那个书店。你虽然很勇敢，也没有用，这件事不那么容易。”

这个男孩子犹豫不决，不敢动那本书。封面上有毒的斑点开始收缩，接着便向他发射出毒液。他马上向旁边一跳便躲了过去。所有这些书都是活的，这毫无疑问，但却非常肮脏！

“你听着！”他对那本厚书说，“我要找一个地址，想了解一下，谁能使我摆脱那些倒霉的沙土，我想把他的地址记下来。你听懂了吗？”

那本魔法书发出低沉的呜呜声，并把那些边上十分锋利的书页弄得哗啦哗啦作响，同时从它那精装的封面上渗出许多口水。这使人感到它好像饿了，在舔嘴唇，意思是想吞吃这个孩子的双手。

塞巴斯蒂安现在距那本书已经很近了。只见他若无其事地从他的衣袋里拿出一把他特意带来的辣椒粉，接着便飞快地把那把辣椒粉撒在那本半开的书页里。预期的效果马上便显现了：三秒钟之后，这本书便完全打开了。几千页的书，每页都在震颤，就好像舌头一样。它渴得要死！这时，这个少年立刻把事先藏在背后的一段木头拿在手中，用它卡住这本魔法书的封面，就好像他从前用这个卡住鳄鱼的下颌一样。现在这本书被这段木头把封面卡住合不上了，它也就不能咬人了。

一秒钟也不能耽搁，塞巴斯蒂安便开始翻看还在渗着口水的书页。(这件事相当令人恶心！)每一页上都用擦不掉的墨水记着一系列术士的名单，并且上面还详细地记录着每个人的专长及他们的地址。

“该死的沙子，”少年紧张地喘着气，“该死的沙子……治病的名单藏到哪里去了？”

魔法书又发出了狮子般的吼声。它发出来的恶臭气息能使一只黄鼠狼窒息。塞巴斯蒂安为不使自己昏死过去，使出了全身的力气。

但他却变得惊慌失措了，因为他始终找不到他要找的人。在他背后，其他的书都从书架上跳了下来，一个个把嘴弄得啪啪作响，就好像它们马上就要开始咬他的腿肚子。

“然而，我毕竟是在一家很好的书店里。”塞巴斯蒂安叹息着说，“一家很好的书店……”

突然，那一段支撑着封面不使它合上的木头断了，锋利的封面又合上了。与此同时，把他的双手齐腕割断。

“不，”年轻人大声喊道，“不……”

“喂！”佩吉·苏使劲摇晃着他，“醒一醒，你在做噩梦。”

“什么？你说什么？”少年咕哝着说。

“我们正在车上，”蓝狗向他解释说，“你在睡觉的时候一直说梦话。佩吉·苏刚才也做了噩梦。这就有点儿蹊跷。我的感觉告诉我，要发生什么事情。”

塞巴斯蒂安立刻站了起来，只见他额头挂满了汗珠。佩吉上来用自己的手帕替他擦干。

“我梦见我进到一家书店里，”他喘着粗气说，“那里有一本书……一本上面记载着一位魔法师的姓名和地址的书。这位魔法师能够使我摆脱那些可恶的沙土的羁绊。”

“这也只不过是个梦罢了。”佩吉轻声说，“这样的书店根本就不存在的。”

“你搞错了，我的外孙女，”格拉妮·卡蒂面色阴沉着说，她刚刚来到这个列车的包间里，“在我们要去的这个城市里，的的确确有这么一个魔法书店，但却千万不要进去。去查阅那里面的书籍可是件十分危险的事。”

说着，她便坐在塞巴斯蒂安旁边，一面用眼睛打量着这个少年。她好像有点不高兴，甚至有点忧郁。

“你做了这么一个梦，是有点奇怪，”她喃喃地说，“我敢肯定，你从前绝对没听说过有这么一个地方，对吧？”

“不错，”少年承认说，“那也是在梦中，有一个人告诉我书店的地址，是‘扭动的蛇大街’……”

格拉妮·卡蒂的脸色立刻白了。

“不错，这确是个好地址，”她喘了一口气说，“大家之所以这样称呼这条街，因为它随时随地都在变换地方，它在全城到处爬行，就像一条蛇一样。它在全城民房的间隙里扭动、爬行。有时候它在这里或那里出现，可是在它出现之前，大家却从来没见过在那地方有这么一条街。因此很难确定它的地址，这就是为什么在城市地图上找不到它的原因。”

她说罢便神经质地站了起来。

“我的小伙子，你现在就去向你的脸上洒些水，”她这样命令说，“你脸色苍白得就像几百年见不到阳光的干骷髅。”

听完这话，塞巴斯蒂安立刻走出包间到车厢的洗手间去了。

“外婆，怎么回事？”佩吉担心地问。

老人皱了皱眉头，说道：

“我不喜欢这样。塞巴斯蒂安拼命想使自己变得和正常人一样。他想这件事已经好长时间了。好像是有一股凶恶的力量在他熟睡时和他进行过接触，并且给他出了许多坏主意。”

“想把自己变正常了，这难道是个坏想法吗？”

“想医好自己，并不错，但要去这个魔法书店就是个坏主意！”

“这么说，那很可怕了？”佩吉天真地问。

“怎么说呢，”格拉妮·卡蒂说，“我就没见过有人能从那里活着出来。那里边存放的书，是些能吃人肉的书，而且它们又极善于对擅入者实施攻击。而且有权查阅它们的人少之又少。如果翻墙撬锁而入，那你面临的将是更可怕的灾难。那无异于你走进一家动物园，把那些关猛兽的笼子都打开。懂了吗？”

“懂了。”姑娘小声说，“但我也希望塞巴斯蒂安能解脱这种厄运。”

“我们大家都希望这样，我可怜的外孙女。”老太太微笑着说。

“这里边可没有我，”蓝狗在旁边说，“我觉得能变成沙子，是一件很有趣的事。我自己就想，最好自己能变成狗的食物，这样我自己就可吃自己了。”

过了一会儿，检票员便走进车厢，向大家通告，再过五分钟，列车就要进站了。只听他喊道：

“终点站伊桑格兰双塔堡到啦！”众人便纷纷下车。

蓝狗匆忙地跳出了车厢，它讨厌在铁路上旅行。它对于突然间在地平线上出现的这种新的冒险事件并不反对，因为近几个月来佩吉·苏和塞巴斯蒂安正在编织美好的爱情，这使它感到很无聊，自己就像被扔进密封的瓶子里的一条虫。现在正是改变这种状态的时候！这个魔法书店的故事很使它开心。它迫不及待地想去寻找那条随时变换地点的神秘的大街。这只蓝狗和人类不同的是，它并不向往那种安安静静的生活。它喜欢动乱，喜欢号叫，喜欢颤抖。它几乎为此高兴得像一只幼犬一样叫了起来。

佩吉·苏和塞巴斯蒂安手拉着手双双向前走。两个人被噩梦搞得仍然余悸未消，这两个梦使他们十分烦恼。

"这梦肯定是一个预兆，"塞巴斯蒂安坚持这个看法，"如果我能找到这家书店，我就能查阅这本魔法书。那时候我就知道去找谁了，这样就可以摆脱这堆可恶的沙子。我也就会像别人一样，是个正常的少年了，我再也不会一干燥，就会像魔鬼一样变成一堆沙土。"

佩吉并不作答。当然，她是希望塞巴斯蒂安能变成正常人的，但她却不愿意看到他像现在这样那么神经质；不愿意看到他不顾一切地什么都想干。

"也许我有一天能碰到在梦中见到的那个人？"他低声说，"他也许就在这个城市的某个地方？那时他就会把地址告诉我了，并且……"

"别那么冲动，"格拉妮·卡蒂插嘴说，"我马上给我的一个老朋友打电话，她就住在这里，是个女魔法师。她的公开职业是卖夹果酱的鸡蛋薄饼，她可以向我提供一些情况。”

实际上，佩吉·苏到伊桑格兰来，是为了寻找一位女魔法师，据说此人可以根治她的近视眼。这个女子年龄已非常之大，已不再工作了，但由于卡蒂·弗拉纳甘在年轻时帮过她的大忙，所以她便答应替佩吉医治，算是对卡蒂的报答。这是一位叫人望而生畏的老女人，样子长得奇丑，一点儿也不可爱。听人说她父亲原是一位王子，后来变成了一只癞蛤蟆；她母亲是一只青蛙，后来变成了公主。他们俩爱情的结局，绝对没有给人创造什么赏心悦目的场面。她样子像一只蜥蜴，为了庆祝诸圣日前夕，她化妆成一个干瘪的老女人。

“夫人，您好，”佩吉·苏惴惴不安地说，“我就是想，不戴眼镜就能够看得很清楚……另外我还想丢掉别人给我的那些能力。如果我不再看那些幽灵，那将是太棒了，同样，如果您能够把上一次历险时‘第455号风’给我的那种能力[①]消除掉，那也是再好不过了。他认为自己做了件好事，但却非常别扭，我每次打喷嚏时都觉得天旋地转二十多分钟。再说对一个

① 见《魔法动物园》。——原注

正常的女孩儿来说，这太难过了。”

女魔法师低声抱怨了几句，随后便在佩吉的头顶上方做了几个奇怪的手势，最后向佩吉每一只眼上吐了一口唾沫，便听她说道：

“好啦，你已经好啦，走人吧，你这肮脏的小姑娘。你去跟那个讨厌的卡蒂·弗拉纳甘说，我现在什么也不欠她了，叫她去见鬼吧！”

“真是个可怕的泼妇。”走出门来时佩吉出了一口气说。

“一点儿不错。”塞巴斯蒂安也附和着说，“但是，至少，她把你的病治好了，你再不用戴眼镜或隐形眼镜了。今后你的眼睛就厉害了，不仅可以在黑暗中视物，而且也会像雄鹰的眼睛那样锐利。”

“好啦，”她悄悄地说，“别灰心丧气，外婆已经去打听消息去了。我们不久就会晓得是否能够找到你梦里见到的那个魔幻书店了。至少，在这儿，要保持住你的人形是没有问题的，这里的水是全国最纯净的。只要你一干燥，马上去洗个澡，那一切就都正常了。”

第二章

剑子手之家

当他们返回旅馆时，老外婆正在等他们。只见她脸上流露出开心的笑容。她第一件事就是查看佩吉·苏的眼睛，然后便大声赞叹：

“这活干得太好了，这只老乌龟，竟然还有这么高明的本事。她没有叫你给我带什么口信吗？”

“嗯……带了，”佩吉犹犹豫豫地说，“她对我说……叫我向你致意，并回忆了从前那段时光。”

“嗯？”卡蒂·弗拉纳甘嘟囔着说，“要么是你太鬼精灵了；要么，就是这条老干巴母牛把过去的事都忘了。但不管怎么说，还不错，算了吧……”

“您打听到关于‘扭动的蛇’大街的情况了吗？”塞巴斯蒂安打断她的话说，因为这些絮絮叨叨的话叫他心烦。

“沉住气，我的孩子。”卡蒂说，“必须拿出时间来想一想。我确实是见到了我那位朋友。她把我想知道的都告诉了我，同时她又告诉我，对这样一个危险的地方，一定要提高警惕。那条街的入口隐藏在贴在一堵墙上的一张大广告的后面。当你把那个广告撕下来时，就会看见有一条通道，直达那条蛇街。”

“明白了。”佩吉说，“但那是张什么广告呢？全城的所有墙壁都贴满了广告呀！”

“是一张写着去一家马戏场怎么走的广告，但那家马戏场实际上并不存在。马戏场的名字叫‘小鬼马戏场’。大家从来都没有注意过这个广告，因为贴广告的地方又脏又乱。”

“好，我们找去！”蓝狗发表看法说，“这座城市这么大，我们要全力以赴。”

我们这几位朋友身上带了一份伊桑格兰双塔堡的城市地图，然后便开始对这个城市的每条大街进行搜寻。这是一件既乏味又累人的工作。

“我可能过不了多久爪子就要磨破，肚子也要饿坏了。”

蓝狗叨咕着说，“如果再继续查下去，我自己倒会变成一条又细又长的蛇了，而在大街上扭动的也该是我了！”

佩吉·苏把所查过的大街小巷都在地图上作上了记号，但仍然没查到。当他们一伙人来到一个又阴暗又偏僻的小街上时，塞巴斯蒂安突然喊了一声：

“就在那儿！小鬼马戏场！”

只见在一面有许多裂缝的灰色墙壁上，贴着一张奇怪的广告，黑黄相间的颜色中画着一张正在做鬼脸的小丑的面孔。这个小丑的表情像个魔鬼，脸上露着一脸阴笑。小丑的后面画的是一些狮子和豹，它们好像正在打量着过路的行人，那样子似乎在说：“你们等着吧，等我跳下这个广告画以后再说，你们先别自作聪明，进去看看吧！”

他们这一些人，根本没有进去看马戏的意思。

“什么鬼把戏，”蓝狗咕哝着说，“这就是说他们已经习惯了，等节目演出完毕，就把所有的观众都扔进猛兽的笼子里。”

佩吉·苏走到这幅广告画前边，用手指摸了摸那张纸，立刻惊奇地跳起来。

“这不是纸，”她喘着气说，“这是一张活的皮！它在呼吸，而且有温度……”

就好像要告诉她是什么道理一样，只见那个小丑的脸立刻变了形。他涂得五颜六色的那张嘴张开了，露出了一口狮子的牙齿，吓得这个姑娘立刻跳了回来。

“孩子们，”格拉妮·卡蒂叹了一口气说，“必须下决心了，蛇街的入口就在这幅画的后面。你们要考虑的是，是否真的想继续下去。”

“绝不能半途而废！”塞巴斯蒂安厉声说，说着从腰间抽出一把利刃，“无论发生什么事，我要坚持到底。”

他手持利刃，跳到那幅魔法广告画前一刀劈下，从上到下把画砍为两半。只听小丑发出一声尖利的呼叫，画上的野兽也发出沉闷的号叫，只见鲜血从被砍开的地方流了出来。就在这被劈开的缺口处，大家发现了另一条小街，同样的灰暗，同样的阴郁。这就是扭动的蛇大街，一条不存在的街道。

“闯过去！”塞巴斯蒂安大喝一声便从缺口处挤了进去。

佩吉、蓝狗和格拉妮·卡蒂也相继跟在后面走了过去。几秒钟的时间，他们便来到墙壁那边，踏上了那条蛇街。

他们刚一走过，那个广告画便马上合起来了，就像伤口愈合了一样。

“真是个怪地方，”佩吉·苏低声说，“多么怪的人也不会到这地方来消遣。”

她面前是一条狭窄的小路，向远处伸长，形成了一条弯弯曲曲的小过道，两旁是灰色的高墙。没有门，也没有窗。那墙高到需仰头向上看，好像已伸到云端里。潮湿的水汽渗出街道的石缝，只有石砌的路面一块一块地在蠕动，就像许多乌龟，龟甲靠着龟甲在向前爬。这就使人走在上面很难保持平衡。

“我们现在已处在一个死胡同里了，”格拉妮·卡蒂说，“你们看，那个书店就在死胡同尽头，别无道路可走。”

佩吉·苏用眼睛打量了一下那个坐落在灰色高墙角落里的魔法书店。使她奇怪的是，她发现它的外表看来一点也不叫人害怕。

“这就怪了，”她低声说，“我原以为那应该是一个很凶险的门面房，全是黑色的，上面画着魔鬼的头，橱窗里布满蜘蛛网。”

“我也这样想，”塞巴斯蒂安说，“但是，不但不这样，反倒像个……像个玩具店！”

不错，正是如此，这个店堂，门面漆成天蓝色，金黄色的三角楣，看起来更像个木偶剧场。惟一使人不安的，就是这个建筑物竟有三十三层之高。这对一个书店来说，是相当反常的，即便有丰富的藏书，也不大可能这样。

蓝狗向前走了几步，嗅了嗅地上的雾珠。

“小心，很可能这是一个用来欺骗我们的圈套。实际上我们可能已经来到一座古旧的城堡脚下，里面到处都是嗜血的蝙蝠。”

这时他们小心翼翼地向前走着，突然雾气全消了。只见一道红色的栅栏出现在眼前，这栅栏类似一种路障，阻止外来人走进这条小街。

“这是什么东西？”佩吉·苏奇怪地说，“好像是一些铁器……更像是些生了锈的剑，竖起来埋在地上。”

这种东西有一百来个，样子很怪异，其宽窄比一只胳膊宽一些。

“这是一些巨形长剑。”蓝狗轻声说，“从它们外表被氧化的程度看，这些东西在这儿已经很久了。”

格拉妮·卡蒂皱了皱眉头，然后把一只手放在佩吉的肩上，以防止她再往前走。

“真是见鬼！”她出了一口气说，“我原来希望不至于如此的，看来我们真的不走运。”

“你说什么？”姑娘忧心忡忡地问。

“喂，”塞巴斯蒂安插话说，“墙上有一个门，刚才让雾气给挡住了，看样子那儿有人住……你们看见那个招牌了吗？”

一个铁制的盾形标志，也已生了锈，用一条链子吊在拱形门下面摇摆着，那上面仍能看出雕刻的哥特体大字，写着：

剑子手之家

“喂！”蓝狗吃惊地说，“这个不好……”

“讲话别那么大声，都不准动。”格拉妮·卡蒂轻声说，“我给你们讲一讲，这是怎么回事。从前，在中世纪的时候，每个城市里都有自己的剑子手，大家都非常怕他们，都不愿意让他们住在自家附近。在伊桑格兰，官方的剑子手更是不得人心，于是他便决定在这条蛇街里选择自己的住地。这样可以使他既是住在城里又不是真正的住在城里，因为这条街有魔法，在任何一个街区图上都找不到。此外，他又很快发现，生活在这条街上，可以不受时间的限制，只要他有人头可砍，他就永远也不会死去……”

“不会死去？”佩吉·苏犹豫地问，“这就是说，他现在还住在这儿？”

“如果他还住在这儿，那他的身体状况可能不会太好，”

塞巴斯蒂安冷笑着说，“因为很久以前就不准砍头了。”

“我过去看一眼，”蓝狗建议说，“你们都别动。”

只见它在那些竖剑丛中蹿来蹿去，一直跑到门口，冒险向里面看了一看。

“没有什么可怕的，他人已经死了。”说着又跑了回来，“他好像一直就在那儿，已经只剩一副骨架了。很大的骨架，仰在扶手椅上。他周围放着一些刑具，还有斧头和砍头用的木砧，一点也不好玩，到处是蜘蛛网和铁锈。”

“你肯定他确实死了？”佩吉慎重地问。

“我敢肯定。”蓝狗说，“那里是一大堆黄色的骨头，可能这种状态已经有三四百年了。再想活过来，那是不太可能了。”

“我不太敢相信你，”格拉妮·卡蒂说，“我想，住在这条街上的恶魔势力很可能找到了他，让他当他们的看守。很久以来这地方没有任何人来过，这倒是确实的。但由于我们进来了，事情可能会发生变化。请你们小心，我们悄悄地向前走。”

佩吉·苏清楚，外祖母从来都不轻易乱说的。但是，塞巴斯蒂安却不是那么安分的人，他只有一个想法：跑到这条小街的尽头，去把那个神奇书店的门推开。佩吉一把抓住他的手腕，并悄悄地对他说道：

“别干蠢事，有危险！”

塞巴斯蒂安也和所有的男孩一样，常常是过于自信。

一行人小心翼翼地迈着轻步，向那片栽着竖剑的路障走去。很快，蓝狗就开始摇起它的耳朵来。

“你们听见了吗？”它回头对大家说，“有动静……像铃响……”

佩吉的听力绝没有她这位四条腿朋友的灵敏，但她最后还是听到一个尖尖的声音不断在响，就像定音笛的声音一样。

“这好像是音乐……”她悄声说，“哦！我知道怎么回事了。我们的鞋底每次踏在这街面的铺路石上时，就会产生震动，这种震动传到路障的那些竖剑上便被放大了。我们听到的，是金属振荡产生的声音。”

这样，他们就各自小心翼翼地走路了，因为那些竖剑在不停地发出颤音。情况是，随着这伙人越来越接近这些竖剑，它们发出的声音便越来越大。现在，已经在这条小街上可以清楚地听到刺耳的尖叫了，并且由于两边高墙的回声作用，这种振颤声已经连绵不绝了。

“这种振颤声已经震得那些剑身上的锈脱落了。”塞巴斯蒂安发现了这个情况，“你们看，那些铁器已经开始发亮了。”

是的，铁器在发着光……而且，据剑刃上光亮的反光来看，还特别的锋利。

佩吉感到自己额头上已经冒汗了，而且整个剑丛都在嗡嗡作响，这些声音汇成一个尖厉的声音形成了警报声。

“看样子，它们发出这声音，是想把那个刽子手唤活转来。”她低声说。

“不是，你说得不对。”蓝狗反驳说，“因为我已经对你们说过，那个家伙已经变成一堆骨头了！我马上到那边试着偷一根骨头过来。这个刽子手有好几块大肋骨落在地上。你们知道，我喜欢的就是骨头，尽管是些老骨头，也没关系，那里面维他命特丰富。”

“站住！”佩吉说，“你别给我干蠢事！”

但是已经晚了，这时蓝狗已经蹿出去，并在剑丛中穿行着，决心要到刽子手的骨架那边去。但是，当它刚一走过门槛，便惊得一下子定在那儿了。

“啊！啊！”它喘着气说，“这里发生的事太不寻常了……骨架子上已经开始慢慢地长出肌肉了……这个家伙又变成人了！”

“这正是我担心的事。”格拉妮·卡蒂有点儿紧张地说，

“他又活了。那些竖剑的啸声起了作用，把他从死亡中拉了回来。自从我们一踏上这条小街，就已经有人头要砍了……这就是为什么这些兵器要吟啸的原因！你们看，它们不都是脱尽了包在外面的铁锈了吗？它们又要重新准备行动了。它们现在缺的，就是一只手，一只握它们剑柄的手，也就是说，它们主人的手，刽子手的手。它们叫的声音会越来越大，以便使他尽快活过来。”

“我们应该尽快地越过这道障碍！”塞巴斯蒂安喊道，“只要我们一到街的另一边，我们就飞快地向书店里跑，然后把门关上。”

不幸的是，说起来容易，做起来就难了。因为那些利剑看到他们一行人过来，便立刻弯转过来，并且四处乱刺以阻止他们通过。只要人一碰到它们，它们便立刻割破你的衣服，会像一个刮胡刀一样把衣服割成一片片的。佩吉东躲西跳，惟恐它们割掉自己的鼻子和耳朵。那些利剑在不停地跳动着，就好像它们要从地里跳出来飞上天去一般。它们的尖叫声把耳膜都能刺伤。

“快！快！”蓝狗吼叫着，“刽子手身上的肉马上就要长满了……那已不是一副骨架了，已经是一个没穿衣服的人体模特了。肚子里的五脏六腑也已经开始长出来了！”

“呸！”佩吉·苏轻轻地啐了一口，一边向那个刽子手屋子里飞快地看了一眼。

蓝狗匆忙地跑到她身边来，因为它毕竟比人类灵活得多，跑得也快得多，所以并不怎么费劲儿便躲过了那些刀子的攻击。

“快点！快点！”它大声叫着，“刽子手已经在动了……如果你们还在那个地方过不来，等他站起来，他可能就要砍你们的头了。”

不错，佩吉已经听到从那个凶宅里传出来沉重的声音，就好像那个家伙的躯体复活以后，在不能自制地大动。真的像蓝狗说的，是个光着身子的汉子吗？这时佩吉·苏运用特殊功能，在意念中看了一下当时屋里的场面。不错，那个她不想看见的正向她追来！

蓝狗和塞巴斯蒂安已经成功地越过了路障。同时也开始向那些冷兵器攻击，目的是吸引那些利剑的注意力，以使佩吉和老奶奶不会遇到太多困难而通过路障。这个小伙子向利刃大量投掷石块，那条狗则在旁边狂吠。最后，年轻的姑娘和老奶奶终于也越过了利刃的障碍。她们的衣服已被刺成碎片，但她们自己的肢体却完整地保存下来。佩吉·苏又向那个家伙的屋子里最后看了一眼，只见那个光身子的家伙正在向自己身上披一张玫瑰色的皮，上面分布一些棕红色的毛。

看样子再过三分钟，那个家伙就可以装备完毕，他就会双脚跳出来干他的工作了……

“我们快离开这些利剑，”格拉妮·卡蒂催促说，“快点！如果它们停止振动的话，那个刽子手就会重新倒下去，那时候我们就什么也不怕了。”

两个年轻人累得摇摇晃晃的，还是匆忙地照办了。逐渐地这些利剑吟啸的声音开始减弱了。

“我们脚步的震动由于越走越远，所以也就减轻了。”卡蒂·弗拉纳甘松了一口气说，“如果我们运气好，那些利剑在刽子手能站起来之前停止发声就好了。”

他们在最后这几公尺远的道路上走着，并且不停地向后看，就怕看到那个刽子手会出现，怕看见他头上戴的那顶红色的风帽……幸好，在那个人站起来之前，利刃就不再叫了。

“我们如果继续向前走，问题还会出现。”蓝狗提醒大家注意。

“到时候再想办法。”塞巴斯蒂安打断它的话说，“现在，我们大家到书店去！”

第三章
凶险的书店

随着他们越走越近，要想看到这座大楼的顶端，就必须仰起头来才能看到。

“这倒像是一家商店，”佩吉·苏说，“一家只卖书的大商店。”

“三十三层的书店，太高了。”蓝狗嘀咕着。

透过窗户，只见一眼望不到边的书架，上面陈列着各种书籍。

他们一行人站在门口不走了。门上装了一个镀金把手，形状像一支羽毛笔。

“注意！”塞巴斯蒂安警告说，“这里肯定有防范机关，如果你一动这个把手，可能里面会射出一支毒针刺伤我们的手……”

“我不相信，”格拉妮·卡蒂说，“孩子们，所谓圈套，就恰恰是不安设阻止我们进入的那种圈套！不管是谁，都可以走进这扇门，但却很少有人能够再走出来。这个书店就是那些天真老实的读者的坟墓。我希望我们不要加入他们的行列。”

佩吉屏住呼吸用手去推那扇玻璃门，立刻响起一阵悦耳的钟声。年轻的姑娘把头伸进半开的门缝，迎面扑来的是一种皮革味。

“里面有人吗？”她试探着问。

一个人也没有。只有一只没有一点儿杂毛的大白猫，在铜制收款机后面站了起来，好像它就是这个奇异书店的主人一样。

只见它双眼闪着红光。当它看见蓝狗时，便发出低声的怒吼，随后便跳过一大堆书籍逃跑了。

塞巴斯蒂安推开佩吉，想自己先进去，他已经急不可待了。但他刚在书店里走了三四步，便非常惊讶地说道：

“喂，你们看到了吗？这里所有的书，都没有标题。任何一本书上都没有！”

“不错，”佩吉证实说，“没有书名，也没有作者姓名。

这就是说，当你还没有读过它们时，你根本不晓得书里说的是什么。这真是稀奇古怪的做法！”

“请注意！”蓝狗警告说，“我嗅到好几种奇怪的气味，这些书的封面是用一些非同一般的皮革做成的。这边这些书是用狮皮做的……那边那些用的是豹皮。而这种气味又非常强烈，我想，是用活兽皮做的。”

佩吉·苏弯下腰用手摸了摸这些书。使她惊奇的是，这些书上面都长满了毛。

“它们都有温度，”她喃喃地说，“还会呼吸，而且……还能发出声音！”

“是一些活书，”塞巴斯蒂安咕哝着说，“这可不是个好兆头。”

“你们看，这一本封面是鳄鱼皮。”格拉妮·卡蒂说，“而且有好多这种封面的书，边的周围还有牙齿。我看我们最好还是不去翻它们为妙，至少不要马上就动它们。”

“这不是什么图书馆，”佩吉·苏这么说，“这简直就是热带丛林！”

“你看，”蓝狗说，“那边那些书，在高架子上的那些，是用猴皮包装的。它们在最高的书架上，那样子就像挂在树枝上一样。”

这两个年轻的探险者面面相觑，惊得说不出话。

最令人不安的是，这个书店，其容量竟是如此巨大。几十架高达一百多米的长梯，可以登上最高的那层书架。但佩吉·苏自觉不善爬梯，因为她一登高就眩晕。

塞巴斯蒂安一下子便坐在一张满是蜘蛛网的椅子上，有点儿泄气。

“我怎么才能找到我专程到这儿来找的那本书呢？”他叹着气说，“这里书太多了，实在太多了……我原来以为这里只不过是一个很小的图书馆，我们很快就会回去的，但是……但是……”

格拉妮·卡蒂把一只手搭在他肩上说：

“别灰心，是一个梦把你领到这儿来的，那么另一个梦也肯定会告诉你怎样才能找到针对你的那本书的。因此，你应该有点儿耐心。目前，我看咱们先安排一下如何过夜吧，因为天已经黑了。”

佩吉·苏带着蓝狗先对这个神秘书店的底层进行一番探查，因为她不相信这地方真的会安全，她总是感觉，当她一转过身去的时候，那些书就动。

“这是我神经过敏呢，还是真的这样？”她问她那个四条腿的朋友。

“不是过敏，”它回答说，“它们真的在动，甚至有的还在跳。用狮皮做封面的那本书，刚才还打了个大哈欠呢，围着它的封面，排列着两排牙齿。用黑猩猩皮包装的那些书，还从这个书架上往那个书架上跳呢，但只要你一看它们，它们就不动了。我觉得我们原本不应该到这儿来。”

佩吉·苏呆住了。在一大堆发了霉的旧书拐角的地方，她还发现一位读者已干枯的尸体倒在书本上。

“这尸体已经完全风干了。”蓝狗说，“他穿的衣服不是当代的。”

“不错，”她叹了一口气说，“是中世纪的服装……这就是说，这家书店在那个时代就已经有了。”

“那边，那边又有一具。”蓝狗叫着。

佩吉·苏打量着那具尸体，那样子就像一个用皮子做的干瘪木偶。

“他穿的衣服是法老时代的，他手里拿的书，从打开的部分看，是用象形文字写的。”

“这么说，这个书店在几千年前就有了。”蓝狗推断说。

“这家书店似乎是自蒙昧时代以来就不断地从一个国家向另一个国家搬迁。”佩吉·苏沉思着说，“这对所有那些想把被垄断知识学到手的人来说是一个陷阱。即人们可以随意进入，丝毫没有问题，但要想出去，那就是另一回事了。”

说罢，她很警惕地望了一眼她周围那成千上万册的书，没有一本是有题目的，不管是封面上还是书脊上，都没有。就像一排排的砖一样排在那里，是些包着……活动物皮的砖。

“肮脏的历史，”蓝狗气愤地说，“今晚我一夜也不合眼。”

由于整个书店都笼罩在黑暗中，他们决定不再向前走了，便回去找其他人。只见格拉妮·卡蒂在一个远离书籍的开阔地方安排了一个类似帐篷的东西。

“离着完全天黑还早呢，”她说，“在真正的人间世界，现在才十五点，这就是说，‘扭动的蛇’大街执行的是自己的法律。”

说罢，便借口一起准备三明治，把佩吉·苏叫到另外一个地方，又说道：

“我担心会有魔鬼和我们捣乱，故意让塞巴斯蒂安做一个刚才我说的那种梦。如果那些看不见的幽灵还没有消失，我想，这可能就是他们做事的方式。我们应该做最坏的打算。我们决不可跨过这书店的门槛一步。”

"你认为会有人企图杀死我们？"姑娘问。

"毫无疑问。"老奶奶说，"但我更觉得这个肮脏的书店更需要我们的来访……"

"这是为什么？"

"我也不知道，这仅仅是一种直觉。我认为这一切都是它精心策划的，让我们不得不去推它的门。你看，自从我们进来以后，门就不再关上了。我连续去关了三次，但立刻又开了。我检查了一下地面，发现了这些东西……"

说着格拉妮·卡蒂把手掌伸了出来，只见她手心里放着几片红色火漆样的小圆片。

"这是什么东西？"佩吉问。

"这是一个魔法印章，把它封在门上。"只听老奶奶小声说，"你在转动门把手时把它弄碎了。从前这个地方有人来过，目的是把那些魔鬼关在这里边，它们都被安置在这些书架上。这个人便用这个印章把门封上了。因此，据我的推测，这就是为什么这个书店要设法策划让我们前来访问它的原因。它需要一种外界力量的帮助来打破把它变成监狱的那个魔法印章。"

"所以它就利用上塞巴斯蒂安了？"

"是的。它利用了他急于治病的想法。把这些梦送到他的头脑里，以强迫他到这儿来。现在这个可怜的孩子像着了魔一般，只要他不拿到那个可恶的地址，他是不会离开这儿的。”

佩吉·苏躺下，把背包放在头下当枕头，这时便下起雨来……

但这雨只是在书店里下，外面大街上并没有雨！这实在令人很不舒服。可用青蛙皮包装的那些书却非常高兴，并开始呱呱地叫起来。那只白猫也跑到收款机下边来避雨。它那一身纯白的毛皮照着整个房间，就像屋里有一盏亮灯一样。它长得非常漂亮，惟一的缺陷是它的右耳朵上有一道难看的疤痕。“这就好像曾经有人想用剑把它劈成两半似的。”佩吉·苏这样想。

她原想自己也躲在塞巴斯蒂安身边避雨，但这个年轻人由于有点神经质，又兼心情恶劣，躲到一边去了。他根本没有心思睡觉，又因为太黑，他也无法开始一本一本地翻检那些书。尽管这是一个很艰巨的任务，但他似乎已下决心迎接这个挑战。

没过多久，这个夜晚便充满了各种动物的奔跑声和奇特的吼叫声。使人感到就像置身于热带丛林中一般。沿着那些大书架，所有的书都在互相追逐、互相撕咬……有时竟是互相吞食。被击败者便发出吓人的惨叫，胜利者则贪婪地吞食着对方，那声音就像把什么东西撕裂了一样。佩吉把她的手电筒打亮，她被用猴皮装订的书的表演震住了，只见它们十分敏捷地从一个书架跳到另一个书架上。

“也许有一些书是用鸟毛包装的，那可能它们就会在我们头顶上飞翔了。”她有点儿宿命论地想。

雨停了。就在一间屋子内，又开始下起雪来。大片的雪花从天花板上落下，谁也无法解释是什么原因。在旁边那个存放扫帚的大壁橱里，一个炽热的太阳发出把一切都烤干的热量，如果把自己关在里面只消一个小时，再出来时，就会像一个八月末外出度假回来的人那样，皮肤被晒成棕褐色。

“真不可思议。”佩吉关上手电这样想。

在最高层的那些书架上，用狼皮装的那些字典开始嚎叫了。

“我知道我们看到的那些尸体是怎么死的了。”蓝狗小声说，“他们死于无法睡觉！在这种杂乱的环境中，你简直没有办法合上眼睛。如果每天晚上都这样的话，不出一个星期，我们也会坚持不下去的。”

后来的时间就是佩吉·苏和蓝狗轮流着值班。

“这些书都把我们包围了……”蓝狗突然嘟囔着说，“它们就像螃蟹一样到处乱走，你难道没闻出它们身上那股泥塘味儿？”

年轻姑娘站了起来，只见她从那些书上跳过去，跑到那个阳光强烈的大壁橱里拿起一把长把扫帚。这地方是那么热，使她差一点儿就得了日射病。

一旦手里有了这个长把扫帚，佩吉·苏便立刻把那些爬行的书搅了个乱七八糟，它们便发出愤怒的叫声。

突然间天亮了，那些魔书也立刻回到原位一动不动。塞巴斯蒂安一下子便跳了起来。

“我们过去！”他下了决心，“想办法干！我们每检查完一个书架，就用粉笔在上面划一横，怎么样？”

“这是个繁重的工作，”佩吉低声说，“不过你应该先睡觉，梦中会有人告诉你到哪儿去找。”

“我神经太紧张了，”年轻人承认说，“我老是急着开始干。”

“孩子们，你们可要小心啊，”格拉妮·卡蒂嘱咐说，“这些书可并不是我们的朋友，它们不会让你们得到半点好处。”

佩吉·苏很快就意识到她外婆的话太正确了。这些书十分狡猾而且阴险。它们很老实地让你把它们打开，但当你开始一页页翻阅时，它就突然对着你的手指合上，企图把它们割断。这个少女的手指立刻就被残忍地夹住，要不是她反应极快，就难逃手指被截断的灾难。

惟有塞巴斯蒂安，凭着他超人的神力，成功地防止了魔书大嘴的伤害，即使假设有一本魔书咬着他的话，因为他身体是沙子做的，他也不会因此而感到疼痛的。

“没有人指点，我们什么也干不成。”格拉妮·卡蒂叹息说，“要想把这个书店的书全部查完，必须有三个一百岁的生命才行！因为这里有好几百万册书。”

塞巴斯蒂安没有信心了。

佩吉·苏向那些梯子看了一眼，那些最高层的书架都笼罩在轻轻的云雾里。要登上最高的书架，不啻于爬上一座悬崖峭壁。

“这种梯子总得有一千个横挡！”年轻的姑娘想。

“这只白猫可能就是这个书店的主人？”佩吉转身冲着她外婆说，“它会不会就是家庭的一个精灵？”

“有可能。”格拉妮·卡蒂回答说，“你让蓝狗用心灵感应测一测它的思想。”

“让我进到一个猫的脑袋里去？”这条狗尖叫着，“你们休想！这样做很可能会导致精神大崩溃，那样，我们两个都要变成碎蛋糕了。”

佩吉·苏不再坚持这个意见了，这时她把目光转向那只大白猫：

“你是谁？”她这样问它，“你是这个书店的向导吗？我们能问一问你，我们要找的那本书在哪儿吗？”

“不管怎么说，它都应该是个鬼精灵，”蓝狗咕哝着说，“不然的话，它就不可能待在这个书店里了，或者早被那些魔书给吃掉了。”

只见这只白猫哀怨地喵喵叫了几声便转过身去，随后两个蹦跳，便跳到山一般的一大堆旧书后面，不见了。

佩吉决定说服塞巴斯蒂安，叫他冷静下来，因为他仍在继续以一个举重大力士的精力在一篇篇审阅那些魔法论文。

“像这样干法，我们永远也达不到目的，”她低声对他说，“其他人已经在我们之前这样做过了，那大堆大堆魔书后面躺着的就是他们的干尸，我们会和他们一样的。”

“你不懂！”塞巴斯蒂安喘着气说，两眼放着热烈的光，“如果我找不到治好我这种状况的办法，大家就不能继续下去。就是说，你和我，再不能继续下去，就必须分手，那就一切都完了。我是一个怪物，你不能和一个怪物生活在一起。如果这个书店不能向我提供摆脱那些可恶的沙子的办法，那我就离开你们，你将永远也不会再见到我了。我决不能破坏你的生活！”

佩吉觉得胸口有一个大铁球堵住她的喉咙，她不敢讲一个字，怕的是一张口就会哭出声来。塞巴斯蒂安现在的状态极不正常。这一眼就可以看出来。

塞巴斯蒂安把她丢下，自己径直向书店里面走去。只见他打开那些书，又气呼呼地把它们扔在地上。

“你能解除他的魔障吗？”佩吉问她的外祖母。

“不能，”她叹了口气说，“我只不过是一个乡下的巫婆而已，像这样的法术我是不行的。”

“喂！”塞巴斯蒂安突然大叫起来，“你们来看看……这里有一个水池。”

佩吉和蓝狗急忙跑了过去。在一大堆尘封已久的字典后面，有一个用石头砌的大水池，里面储满了清水。

“这几乎和一个游泳池一般大，”佩吉赞叹说，“但却比游泳池深得多……”

“你们看！”蓝狗大叫，“有些东西在底下游，但那绝不是鱼……”

“是书！”姑娘说，“是鲨鱼皮的书！那封面四周都是牙齿。”

“这肯定是很罕见的书，”塞巴斯蒂安喘着气说，“而且是很重要的书，把它们放在这里面是为了避免引起外来人的注意。我想要的那本书肯定就在这些书中间。”

“你不会因此就要跳下去吧？”佩吉·苏阻止他说，“你瞧瞧它们，下巴弄得直响，它们会吞了你的。”

“不可能，我是沙子做的，一点危险都没有。”

说着，这个年轻人已把衣服脱了。当他只穿着一条三角裤头时，便一下子跳进水里，溅起了一片水花。

“这些书只能在水下读，”格拉妮·卡蒂插话说，“如果你把它们弄到空气中来，就会立刻死去，就像把鱼放在干地上一样，而那上面写的所有的字，也都一下子消失了。你明白这意味着什么吗？这就是说，你要在这个池塘底下度过一个非常长的时间。”

“这我知道，”塞巴斯蒂安说，“你们不用担心，我会出来的。”

佩吉·苏跪在池塘边上。她不喜欢池底下那种暗绿色的海藻发出来的光。那些鲨鱼皮的书，它们把书页当成鳍，快速而灵活地游动着。当它们看到这个年轻人跳进来之后，便纷纷向他游来，就像一群准备好要打架的水下战斗员一样。塞巴斯蒂安敏捷地避开它们，并从它们肚皮下面游过去准备翻身来捉它们。当他游到这些书的后面时，他抓到了其中的一个，用双手使劲地抓住封面的两侧。塞马斯蒂安力量非常大，再说，他那种非人的本性使他能够浮上水面来呼吸。

魔书们非常恼火，纷纷围上来咬他的双腿。它们使劲地把封面弄得劈啪作响，要是平常的人，它们会毫不费力地把他的腿肚子咬成几段。幸好由那些坚硬的沙子组成的塞巴斯蒂安，却一点也不觉得疼痛地抵住了这种攻击。

一刻钟过去了，佩吉在原地待不住了。在池塘深处，塞巴斯蒂安在努力辨认他缴获的那书里面的文字，但因为在水下，那些印在书上的字读起来很困难。

那些魔书——鲨鱼又在不停地攻击他，咬他的肩膀和胳膊。这个年轻人只是漫不经心地把它们推开。

“他自认不可战胜，实在是个错误。”格拉妮·卡蒂自言自语地说，“如果他在水下待得太久，这首先可以使构成他的那些沙子变得坚固，但接下来就会把它们浸得松散，那会使他软弱无力了。这也正是人们在建造一座城堡时所发生的那样。在沙滩边缘地带的那部分就非常潮湿，慢慢地就倒塌了。塞巴斯蒂安应该像一块方糖放在一杯茶水里那样，在溶化之前必须从池塘里出来。”

佩吉·苏觉得自己的汗毛都竖起来了。她过去竟没想到这些！她使劲地摇晃着胳膊想引起那个年轻人的注意，但他却专心致志地读那本书，根本没看见她。

她试着利用心灵感应向他发送一个信息，但没能建立起互感联系。

“这不奇怪，”蓝狗说，“因为心灵遥感波在水中传播得很差。”

“我跳下去，”说着佩吉便脱衣服，“我在水里用手势和他通话。”

“你疯啦！”蓝狗反对说，“那些书会把你撕成一片一片的。”

“可我没有别的选择。”姑娘说。

“既然这样，那我和你一起跳下去。”蓝狗下了决心。

佩吉在她的背包里找出一把猎刀，并把它放在嘴里咬着，然后就跳进了池塘，随后蓝狗也跳了下去。格拉妮·卡蒂在岸上急得直搓手，却一点办法也没有。

池水冷得怕人，使佩吉感到呼吸困难。仅停留在水面上，无法想像池水有多深，一旦沉入水中，你便会明白，这个石砌的池塘已经深入到地层以下了，简直就是一口深井，周围的石壁上刻着一些奇形怪状的面孔，这些鬼脸在动荡的水中就像活的一样。这时年轻姑娘和蓝狗被迫打退了魔书——鲨鱼的一次攻击。她飞快地向它们挥舞着利刃，蓝狗也露出利齿冲上去咬它们。但要想伤到它们也并不容易，因为鲨鱼皮是世界上最坚韧的皮革之一。它们能以与电动剥皮机同样的效率把一个潜水员的皮活活剥下！

塞巴斯蒂安并不晓得发生在他头顶上的这场战斗，仍在继续阅读，并且兴奋地翻着他缴获的那本书的每一页。

最后，佩吉终于吸引了他的注意，用手势告诉他，现在该上去了。并且用手摸了摸他的肩膀，意思是告诉他，他的躯体已经变软了，如果再继续停留在这儿，不久他就会变成沙浆沉入水底了。这个年轻人双眼直眨，样子显得极端羞愧。只见他双手抱着那本书；就像一个小孩童手里抱着自己的玩具一样。

佩吉不得不游开，因为这时候又有一本书来咬她的肩膀。一条极细的血线出现在水中。这一意外，把塞巴斯蒂安从麻木状态中惊醒，他手里仍然拿着那本书，一面游过去救援佩吉。

要浮到水面上，也并不是一件简单事，因为池子里的居民们都想凑上来咬他们的脚。两个年轻人和那条狗终于来到了岸上。

刚刚到了陆地，塞巴斯蒂安拿上来的那本书就开始抽搐、惊跳，就像一条离开水的鱼一样。

“啊！”塞巴斯蒂安惊讶地说，“它开始死了，你看那些书页上的字在一片接一片地隐去……那上面原有一个男女术士的名单，可惜我没能看完。”

“别担心，”格拉妮·卡蒂出了一口气说，“在这屋子里还有成千上万本书，里面还有成千上万个名单呢，问题就在这儿！”

第四章
白猫，虎斑猫

晚上，当我们这几位探险者聚在一起准备共进晚餐之时，佩吉·苏发现，在书架中间突然出现了一只虎斑猫，正迅速地向门口跑去。其毛色是耀眼的白毛中杂着黑色条纹，样子像一只雪白的老虎。只用了几秒钟的时间，便从半开着的门里跳到扭动的蛇大街上。佩吉赶紧走到窗口去探望，只见它很快地便跑到这条街道的尽头。它灵敏地穿过了刽子手之家旁边的那一排竖剑之后，连蹦带跳，弄破了小鬼马戏场的广告画，便跑到现实世界那边，不见了。

“真奇怪。”年轻姑娘小声说。

“这就是说，在这个书店里有两只猫，”蓝狗咕哝着说，

“我看这是两只多余的猫。”

“它非常像另一只猫，那只白猫，”佩吉用思考的语气说，“但却有黑条纹……”

她让这件事搞得很不安，至于为什么，她自己也不晓得。

他们一声不响地吃着晚饭，因为大家全都有些闷闷不乐。佩吉·苏被那魔书——鲨鱼咬的伤口十分疼痛，此外，她的视力也感到疲劳。由于一整天都在查看那些书，使她觉得那些字在纸上直跳动，好像它们也都不耐烦了似的。因为头痛得厉害，她只好不再查那些书了。

“真蠢！”她想，“我这是在糟蹋刚治好的眼睛！如果再继续下去，我岂不是又变成了近视……”

夜幕降临，为了稍事休息一下，他们便在地上和衣而卧。佩吉刚睡了一个小时便醒了，因为她觉得右手有些微微发痒，她只睁开一只眼睛，便看见有一只黑色小虫子，全身都长满了脚，正在她伸开的手心上爬。她一下子坐了起来，很恶心地使劲甩胳膊，想把手上的虫子甩掉。与此同时，她又看到有几百条这样的虫子在书上爬，这太可怕了。只见它们到处都是，姑娘跳起来向电灯奔去，立刻打开灯。这些虫子一见到光，便害怕得四处逃避，纷纷躲到书架隔板的缝隙中去。

“瞧，又出了一件事！”蓝狗有些抱怨地说，“如果这些虫子也互相打起来，那可真是一件好玩的事。”

“你看见了吗？”佩吉喘着气说，“有成千上万只呀！”

“是的，这也是货真价实的骚扰。但我希望它们可千万不要趁着我们入睡的机会把我们给吃了……”

这两位朋友，从此便很难入睡了。待天亮后，佩吉打量着蓝狗，不禁惊呼起来：

“喂！我说，昨天你的领带是不是单一的蓝色？”

“是呀，怎么了？”

“可今天早晨，它怎么变成蓝底带黑色条纹的了？难道说你夜里换过领带吗？”

“当然没有。你又不是不知道，我自己不能打领结，因为我不像你们那样有手。但是，它却真的变成条纹的了……我可真是一点也不明白。这是什么鬼把戏？”

就在这个时候，门铃响了。头一天逃到现实世界的那只猫回来了。它又变成了纯白色！

“它的花纹没了！”佩吉·苏惊异地说。

“不对，”蓝狗反对说，“这应该是另一只猫，即那只纯白猫。在我们睡觉时，它出去溜达去了。”

“很可能，”佩吉·苏喃喃地说，“但是我的头脑里总觉得在这个书店里只有一只猫，一会儿它是白的，一会儿又有了条纹。”

“不可能是这样！”

“这我也晓得，下一次当虎斑猫再经过时，我们注意观察一下它的耳朵，如果有一只耳朵有伤口，那就肯定是同一只猫。”

塞巴斯蒂安急着要继续工作，勉强给了他们点儿时间吃午饭。他们只好又回到那些书架旁去一本本地翻那些魔法书。每当佩吉换一个书架时，她总是料想会见到她晚上看到的那种虫子。这时她听到塞巴斯蒂安在她后边说了一句粗话。

“怎么啦？”她问。

“没怎么。”小伙子漫不经心地低声说，“只不过有一只小虫子在书页里爬，我一拳头把它打扁了。”

佩吉想告诉他，叫他小心些，因为她刚才看到一只虎斑猫从一个书架上跳下来，它倒是有一只耳朵有伤疤，但……身上的花纹却和头一天看见的那只不一样！它的花纹比原来那只少，但却比原来那只浓。

“喂，你！”姑娘喊道，“你到这边来一下！”

那只猫从她眼下蹿过去向门口跑去，随后便跑到小街上向现实世界那边跑去。

“那么，这应该是同一只，也是惟一的一只猫了。”佩吉·苏很困惑地想，“它在大部分时间里都是白色，有时为了要到外面去溜达，它就穿上一件带条纹的衣服。真见鬼，我要是懂点这方面的把戏就好了！”

这个书店里这种神秘的气氛，对她的压力越来越大。

“我希望我们并没有在不知不觉中挑起一场灾难，”她这样想，“格拉妮·卡蒂让我们提高警惕是对的，我们应该听她的。”

待她开始继续查阅那些书时，却惊奇地发现，有许多书里面一个字也没有，都是空页。

“这可能是为它们设计的一种安全措施，”她这样想，“当我们打开书时，让我们无法看到它的内容。”

她便把这件事告诉了她外祖母。

“你说得对，”老人同意说，“自今天早晨到现在，我已经看到过十多本白页书了，可昨天我们刚开始查的时候，还一个白页也没有呢。”

塞巴斯蒂安听她们这样讲，感到十分困惑，不住地用手挠头。

“喂！”佩吉·苏说，“你手上这个点儿是什么？”

“是我刚才打死的一只虫子，”年轻人回答，“我已经洗

过手了，但洗不下去。”

“伸过手来我看看。”卡蒂·弗拉纳甘命令说。

然后她就凑近这个年轻人的手掌观看。那个黑色斑点好像很深地印在他的皮肤上，像刺上的花纹……

“还能看清楚它的那些爪子呢！”蓝狗说。

“不，”老人纠正说，“那不是爪子，是腿。”

“什么？”蓝狗吃惊地问。

“是字母！”刚刚想明白了的佩吉喊道，“哦！不！你刚才打死的不是一只虫子，而是一个词……”

“什……什么？”塞巴斯蒂安结结巴巴地问。

“是一个印出来的词，它从一本书里跑出来的，”佩吉兴奋地解释说，“在书店里来回跑的，也不是什么虫子，而是从那些书里出来的词！”

“又是一个原子香肠！”蓝狗叫着说，“那么，那猫身上的花纹……又是什么呢？”

“嗯，”佩吉·苏接着说，“那花纹是由重叠的字组成的，有几百个重叠的字组成了那些黑纹路。这是一种伪装，它们利用那只猫，以便跑出这个书店，然后就进入现实的世界里去。”

“太对了！”蓝狗大声说，“它们在我的领带上慢慢积累，因为它们觉得，我肯定会离开这儿的，它们觉得我也会像那只猫一样出去溜达。这样，它们借动物之便，像乘车一样就跑了。”

“这就是我所害怕的那种灾难。”格拉妮·卡蒂叹了口气说，“因为那些书上的内容正在进入我们原来生活的那个世界。我不晓得这会酿成什么结果，但我却晓得为什么要把我们吸引到这儿来。这些魔法词被拘在这里成了囚犯，它们想逃跑，我们就向它们提供了逃跑的手段。”

“一些词……”塞巴斯蒂安又结结巴巴地说，“您的意思是说，这里这些书都正在使自己变成白页？”

“它们将会变成空白的，小伙子。”老奶奶说，“就像一个裂开的瓶子一样。这些小囚徒决心重获自由，它们都像一群蚂蚁一样，爬到四面八方。”

佩吉·苏抓住塞巴斯蒂安的那只手，凑近了仔细看，只见那个小黑点在他手的表皮上移动着。

“你什么时候打的它？这个词已经印在你的皮肤上了。”她肯定地说，“但它却老想离开，你瞧，它还在不断地移动着，就像一个活着的花纹。”

“这真讨厌！”蓝狗说，“要是换了我，我宁可把这只手剁下来，也不让这个小东西老缠着我。”

直到现在，这个小姑娘才明白，自己头一天晚上老觉得印在书上的那些字总在眼前跳动，原因并不是因为太疲劳的关系，原来，那些字确实在动。

“它们正在摆脱那些书，”她想，“它们在摆脱自己的羁绊。”

“把门紧紧地锁上！”塞巴斯蒂安大声说，“这样它们就走不出书店了。”

“我已经试过了，”卡蒂弗拉纳甘说，“这不管用，你只要一转身，那扇门自己就又开了。对此一点儿办法也没有，这是一种魔法，除非是用一种新的火漆把门重新封住。唉，要做这样的工作，我的能力还不够大呀。”

很明显，我们的探险家们应该尽快地离开这儿。词语的大批外逃随着时间的推移已成势不可挡之势。为了更快地溜走，它们已经从每一个书页上向外爬了。只要打开一本书，就会看到书都在一行一行地瓦解，很快就变成白页。那些句子在书架上爬行，就像很奇怪的千足之虫，它们从四面八方向外爬，从最高的书架上连滚带爬地落下来，在头发里爬，还有一些竟钻到衣服里。一些词语，成千上万个词语，有的是拉丁文，有的是希腊文，有的是哥特体，有的是用北欧爱尔菲语写的，有的是用鬼精灵体，有的是用妖精体写成，用的墨水是魔法墨水或是龙血。这一切都在逃跑。那只耳朵上有伤疤的猫也在不停地穿梭于蛇街和现实世界之间。它现在的负担重得厉害，以至于它的毛色已经全部变黑了。此外，从现在起，等着外逃的词太多了，以至于凡在书店门口等着的词都在门口急得直跺脚，以急不可待的心情等待着那只猫把它们带到小鬼马戏场的广告画那边。有等不及的，就自己向那边爬，成群结队地在地面上爬，就像一群蜥蜴。

几个小时以后，大逃亡愈演愈烈。蓝狗利用这个时间来抖掉自己身上那些快把它变成黑狗的句子。因为它们也把它当成那只大白猫了。

“你们搭错车了！”它大叫着，“我可不是公共汽车！都给我滚！”

佩吉·苏、塞巴斯蒂安以及格拉妮·卡蒂他们，看一看自己的衣服，也都变黑了。只见那些字词布满了他们全身，而且还重重叠叠，一个压一个，几乎堆成了堆。

“真讨厌，”佩吉喊，“再查那些书也已经一点儿用也没有了，出不了一个小时，那些字就会消失了。你们看到这种乱哄哄的场面了吗？”

现在，那些词不但已经在墙上爬而且还爬到天花板上去了。它们动作既快又敏捷，所以人们很容易错把它们当成一些昆虫看待，成千上万个昆虫！

“我们失败了，”塞巴斯蒂安忧郁地说，“我永远也不会找到能使我摆脱那些讨厌的沙子的人的名单了。”

佩吉没有时间安慰他，因为这些魔书由于不想被别人窃走它们因此而身价百倍的书的内容，并为此而十分恼火，现在它们又回来向他们发起进攻了。它们一边把它们的封面弄得劈啪作响，一边露出雪白的牙齿，成群结队地向这两个年轻人冲来，并且决心要把他们撕个粉碎。

“我们必须离开！”格拉妮·卡蒂喊道，“那些书要向我们进行报复！它们不甘心让我们把它们搞得只剩下白纸。快过来！快点！”

“这些是监狱的看守。”佩吉一边想一边看着那些魔法书把嘴巴搞得啪啪作响。它们当然不甘心就此任凭它们的囚犯逃走的！

她突然一跳，跳到旁边，避免了自己的一只脚齐踝被咬断的危险。魔书——鲨鱼，魔书——狮子，它们纷纷过来向她发起攻击。佩吉想用扫帚的长把把它们推开。但它们却一口咬住了扫帚把，那劲头是那么大，以致那个木扫帚把竟齐齐被咬断。

现在只有两条路，一是逃走，另一个就是决心让它们吃掉。这时那些魔书从所有的书架上都纷纷滚落下来，充实并壮大了这支愤怒的队伍。这种状况就形成了许多魔书互相拥挤，吵吵嚷嚷，声音难听极了。有一些魔书任凭自己从较高的书架上摔下来，然后试图向我们这几位朋友发起死命攻击，恨不得把他们撕碎，而且到处都有成片成堆的魔书自动组织起来布成阵式，企图切断他们的退路，然后再用那大堆大堆的白页书把他们埋起来。

“严重！严重！”蓝狗喊，“整个大楼正在向我们头上压下来，如果我们能找着门逃出去的话，那真叫出现奇迹了。”

一本魔法字典砸在佩吉·苏的肩膀上，她立即被击倒并昏了过去。塞巴斯蒂安伸出双臂把她抱了起来，飞快地向书店大门跑去。由于他是用沙子组成，他可以忍受哪怕是最沉重的打击也不感到疼痛。

嘈杂声达到了极点，就好像一座城堡突然坍塌，已经看不出原来的形状，变成了一大堆石头一般。

蓝狗一下子跳到大街上，它的几位朋友紧跟着也逃了出来。那一支由字词组成的黑色大军也纷纷向小鬼马戏场的广告拥去。由于跑了出来，队伍可就散了，它们便四散逃跑奔向现实世界，形成了一大片爬行昆虫。他们也只好跟着它们向前走。

嘈杂声惊动了刽子手之家前边埋在地上的那些竖剑，它们立刻发出一阵阵尖啸，想把它们的主子唤醒。

“又像我们才来时发生的那个场面了！”塞巴斯蒂安叹了口气说，“必须在那个刽子手完全苏醒前通过这些竖剑。”

他们尽可能地越快越好地向前走，甚至在松动的铺路石上跑了起来。但奇怪的是，地下的铺路石变得十分难以分辨，竟然看不出它们来了……

“噢！”格拉妮·卡蒂小声说，“有新情况发生了……这条小街不想让我们离开，你们看！两边的高墙向我们挤了过来，而铺路石为了阻止我们前进，在我们脚下像滚珠一样转动，我们被定在这儿了！”

她说得不错。那只蓝狗由于调整不好脚步，跌在地上了。尽管它飞快地向前跑着，但一点作用也没有，它仍然在原地跑着。与此同时，这条小街的墙壁，在继续向里挤来。通路堵死了，过不了多久他们几个人就会像被老虎钳子夹住一样，被两堵高墙卡住。这个情况如果发生，只有一个好处，就是这同时也把栽在地上的那些竖剑拔掉了。这样，它们就杂乱无章地纷纷倒地，当然尖声的吟啸也就停止了。那副骨架也立刻停止了组装。这就使得我们这几位朋友可以毫无障碍地通过刽子手的门前。

佩吉·苏从昏迷中醒了过来，但她的肩仍然痛得厉害，她一眼就看明白了当前的局面。

“不能步行，”她说，“这样我们永远也走不出去，趴在地上向前爬，这样我们就不会失去平衡了。”

于是大家便照她说的去做，但这种做法前进得太慢，而街面的通道又正在一秒钟一秒钟地越变越窄，甚至连那个小鬼马戏场的广告也越变越小了，恐怕过不了多久，它就会变得像邮票一般大小了，如果那样，从那个地方可就出不去了。

这时，在他们身后响起了一阵玻璃声。这是那支愤怒的书籍部队，为了尽快地追上他们，把书店的玻璃窗撞碎了！

这时的形势确实非常严峻。

幸好，这一群书本过于匆忙，搞得拥挤不堪，互相践踏，最终在两堵墙间形成一个大书堆，阻塞了通路。结果是这条小街便被一大堆皮革、纸张和硬纸板给堵了个严严实实。这样，也就阻止了街两边的高墙进一步向一起合拢。

“瞧见了吗，这正是我们所希望见到的奇迹。”佩吉松了一口气说，“这样一来，我们就有时间从另一头出去了。”

两个年轻人的双手和双膝磨得满是鲜血，好容易才来到那个广告前面。但这个广告已不像他们来时那么宽了，可仍然有一个缺口足以使他们从那里进到现实世界。佩吉和塞巴斯蒂安帮助格拉妮·卡蒂通过缺口到达了另一边，蓝狗也一跳就过去了。接着是佩吉，最后是塞巴斯蒂安都相继过去了。

待他们刚一到达现实世界，只见那个广告便迅速地合上了。而且只用了两三秒钟的时间，这个广告画便同墙上斑驳陆离的斑点混成一体分辨不出来了。

“好险呀！”塞巴斯蒂安说。

“是呀！”佩吉·苏说，“但是，那些字词呢？它们上哪儿去了？你看到了吗？”

塞巴斯蒂安也没有看到，谁也不晓得，它们到底上哪儿去了。那些小逃犯已经分散到城市的各个角落，谁也不晓得它们的意图。

第五章

奇怪的入侵者

回到旅馆，我们这几位朋友用了两天的时间休息和调整自己的情绪。塞巴斯蒂安手上的那个黑点也换了地方，只见它已经上升到手腕部分，而且看得很清楚，它正准备向他手臂上移动。一开始被这个年轻人一拳砸扁的这个词，现在又伸展开来,形状变得像一只刚成形的小蝴蝶,正渐渐地伸平它的翅膀准备飞了,并且可以看清楚它身上的某几个字母：t，a，o，r…

“我希望这个词语最好不要一直往上跑，等跑到你头顶上时就没有了，”佩吉叹了口气说，“因为这个词在你身上并不可怕。”

“可我想，它是在设法逃跑。”塞巴斯蒂安说，“当它不再扩大时，它就会和其他词语一样，跑得找不到了。”

“这倒是呀，”佩吉心中暗想，“那些从魔法书店里逃出来的词语都跑到哪儿去了呢？”

她有些担心，认为这次的大逃亡不会就此毫无结果的。

“这些词语可能都很凶恶，”她对蓝狗说，“我怕它们可能正在酝酿着一次阴谋。你能不能利用你灵敏的嗅觉去查查它们的踪迹？”

“为什么不能？”蓝狗回答说，“我觉得这些可怕的爬行小句子们散发着一种腐肉味。”

“啐！太恶心了！”佩吉叫了一声。

“我可不这样看，”蓝狗说，“我倒觉得这种味道使我的胃口大开。”

佩吉和蓝狗出来了。塞巴斯蒂安闷闷不乐，不想和他们一起出去。自从他企图找到能医治他这种状况的术士名单这件事落空以后，他的脾气变得坏透了，只要有点小事，他就和别人吵架，使得佩吉都不知道该怎么对待他了。

当他们来到街上时，蓝狗便不停地用鼻子在它周围嗅着。可惜的是，那种腐肉的味道有好几次竟把它引到一家饭店去。

但是佩吉却一直觉得有人在监视她……已经有好几天了，

她就觉得有某些隐形人在监视她。每次她都有要揭露那些跟踪她的探子的意念，但到目前为止，这种意念未起任何作用。

“你不觉得有人在偷偷地监视我们吗？”她悄悄地对蓝狗说。

“感到了。”蓝狗说，“我觉得在我周围有好几百只小眼睛在盯着我……有好几百个小东西在……但我却无法确定它们来自何方。”

这时她又一次扭过头来向后看，看到的景色使她感到吃惊。只见在一个建筑物的墙上竖着一块宣传广告牌，上面是宣扬某种牌子的咖啡如何之好，但那种写法却十分特别。佩吉惊奇地皱着眉头念道：

最咖啡世界好的！

“太奇怪了，不是吗？”她对蓝狗说，“这些词的安排顺序都乱了，这是不是玩的吸引公众注意力的手法？”

她的直觉告诉她，她刚才已经用自己的手指触到了一个重要的标志。于是她立即在那个广告牌下面站住仔细打量着那上面印的字。

等了一会儿，她就看见那些字在抖动，又待了一会儿，就见它们在广告牌上慢慢地爬动……

“又是一个原子香肠！”蓝狗说，“它们换了地方了，它们已经明白自己犯了一个错误。”

那些词就像一条又黑又粗的大毛毛虫在广告牌上移动，又把句子重新组合了一次：世界上最好的咖啡！

“看见了吗，这就是那些魔法书店里的囚犯所到的地方。”佩吉·苏松了一口气说，“它们把自己藏在另外一些字和另外一些句子当中。在这张广告牌上,它们加了世界上最好的咖啡的评语,那就是说,这句话在原来的广告词中是没有的。”

“伪装得太高明了！”蓝狗赞叹说，“那就是说，只要有可能，它们就会掺杂到所有地方的字里行间去，它们在不惹眼的地方加上些字词，那也不会引起别人的注意的。”

“是的，”佩吉·苏又补充说，“目前，它们还缺乏这方面的实际经验，特别是，如果它们掌握了用另一种语言来表达的能力时，它们就会习惯于玩另一种手法了。我敢肯定，这种标牌在城里到处都是，我们去寻找！”

一开始，他们觉得很好玩，并且用这些组成的词语开心。但逐渐地他们就不那么开心了，甚至还有些担心，因为这些带魔法的词语到处都是。比如，在电影院前的电影广告上，它们把演员的名字添上，这是广告上原先所没有的；在公众的广告栏上，它们就在上边加上一些不三不四的评论……有时候它们还常出现些拼写错误，或者是在排列得很整齐的字行中出现一些它们排列得歪歪扭扭的句子等等，但因为街上的行人都来去匆匆，所以就什么也发现不了。

对这些现象，佩吉忍不住了，她决定要动一动它们。便走到一个广告前，把手放在一排魔法字母上，去摩挲，就像用手抚摸一个生病的牲畜一样。只觉得那些东西湿湿的，好像还有心跳。

她立即把手缩了回来，并不断在牛仔裤上擦拭。

“这些东西是活的，”她喘着气说，“好像摸到肉一样……我觉得它们……它们在贪婪地吸我身上的血。它们这种欲望极强，好像胃口还特别大。总之，我说不清楚。”

“闭嘴，”蓝狗悄悄地说，“它们正在听我们讲话，一个个都在戒备着呢。目前它们还不想加害于我们。因为要不是我们，它们现在仍然是书店里的囚犯呢。但谁也说不清它们这种感激心理能持续多久，我怀疑它们能否长久保持下去。”

两个朋友又开始到处行走。那种词语到处都是，时间一长，那些词语也变得灵活多了，拼写错误也少多了。刚过了中午，它们便大肆侵犯当地的报纸、商店。在这些地方，它们加了一些文章，谈的都是些莫名其妙的东西，什么水晶球、塔罗纸牌之类。而且，佩吉还发现，这些东西吃的都是报纸上的各类标题，吃下去后再添上那些别人看不懂的东西。这样一来，那些报纸上日常的新闻栏目就渐渐地消失了，取而代之的，是一些长篇大论的谈论魔法的神秘、宇宙空间之类的东西。它们还谈论些诸如奇怪的部落、武士——鳄鱼、巨龙——吸血鬼之类，等等。至于读者呢，他们对此不但不抱怨，似乎还觉得读这些东西比读平时向他们提供的文章更有兴趣！当他们看到纸上那些字母抖动时，从来也不怀疑它们的真实性，只认为是自己的眼睛太累了的缘故。

当佩吉·苏走进电话亭时，她发现电话号码簿也被那家魔法书店里的那些小囚徒们给占领了。在“小鬼先生”那个栏目，竟占了好几十页之多。

“现在是太晚了，”佩吉一边抚摸着蓝狗的头，一边叹了口气说，“它们在速度上抢了我们的先。今天晚上它们就会侵入全城。”

第六章

吸血者的贪欲

在以后的日子里，佩吉·苏和蓝狗保持着极高的警惕。它们遇到什么不寻常的怪事都能及时发现。在公共汽车上，在咖啡馆里，那些读报纸的人脸上都愈来愈显得疲惫。他们的脸色都非常苍白而且双眼下陷。许多人都哈欠连天，还有的人竟把头伏在报纸上睡着了。

“你看到了吗？”小姑娘问她的狗，“这座城市的运转频率显然在减慢。好像这里的居民都染上了嗜睡症，这很不正常。”

“一点儿不错。”蓝狗表示同意，“他们的样子好像筋疲力竭似的。你看他们拖着两条疲惫的腿，而且，看样子睁开眼

都要费很大劲儿似的。”

“他们这样苍白，叫人担心，”佩吉又说，“你看他们，不但苍白，而且十分虚弱……”

她不晓得该如何说明这些症状，但她能肯定的是，这些症状绝对和那些词语的入侵有密切关系。

终于，当她在一辆公共汽车上观察一个男人时，她惊奇地发现了其中的奥妙。那位陌生人正靠在座位上睡觉，双手还拿着一张报纸。突然，只见印在报纸上的句子开始像毛虫一样扭动起来，而且一个个都离开报纸向他手上爬去。

“哦，原来如此！”她出了口气说，“这我早就该想到了，这些词语就像蚂蟥一样……它们在吸读者的血！这就是它们为自已补充营养的秘密。”

“叫你说对了，”蓝狗用心灵感应对她说，“我们原先太天真了，它们并不止是一些简单的印刷出来的字母，它们还是一种生命，一种知道饥饿、需要吃东西的生命。”

两个朋友被眼前的场面惊得目瞪口呆。车上的乘客，凡是手里拿着书、杂志或是报纸的，都被治住了，那些字母正在贪婪地吸着他们的血。

“它们血吸得越来越多，身子也会越来越粗，”佩吉·苏发现，“一开始，它们个头很小，而现在呢，它们粗大得足够

用来排头版头条大新闻的标题了。”

那些昏昏欲睡的乘客却什么也没发现。佩吉·苏忍不住了，便站起身来拍打报纸，那些词语——蚂蟥，只好很遗憾地退了回去。被叮的人的手上还在流血，形成了一个个红色的小血珠。

“喂，这些家伙！都给我走开！”年轻姑娘对那些东西小声说。

“这也起不了什么作用。”蓝狗叹了口气说，“就在这个时候，有几百万蚂蟥正在叮吸本城的其他居民呢。”

这时汽车突然停在大街上，因为驾驶员已经伏在方向盘上睡着了。佩吉和蓝狗只好下车。

这就是为什么伊桑格兰双塔堡的居民突然奇怪地昏睡起来的原因。如果没有人对从魔法书店里逃出来的那些词语魔鬼般的嗜血胃口加以扼制的话，那么这座城市将会变成一座失血的死城。

佩吉回去后急不可待地把这些告诉了格拉妮·卡蒂和塞巴斯蒂安。他们马上集合在一起在全城转了一圈，以便测量一下受害的范围大小。

“现在报纸上的大标题越来越多了，”老奶奶发现了这个情况，“而且在广告上，那些字母也变得越来越大了，你们看看这些书……这实在叫人难以置信，那些字母印得那么粗大，一页书就只有十行！”

“那是因为它们用鲜血填满了肚皮的缘故。”佩吉·苏解释说，“一旦它们肚皮吸满，便找个安静的地方去消化。一部小说的书页之间，一个书店的橱窗里，不都是好去处吗？”

“相反地，那些尚未控制住别人的词语，都变得苍白和瘦小了。”塞巴斯蒂安指着一些广告牌对他们说。只见那些标牌上的句子很明显地正在变得模糊了。

“这些词语都是些掠夺者。”佩吉又说，“它们为了活下去就会捕食别的东西。这就是为什么要把它们关在书店里的原因。由于我们打开了那所监狱的大门，就使得它们得以攻击人类。现在的局面是，如果不把伊桑格兰双塔堡的居民灭绝的话，它们是不会罢休的。”

“一群蠢货！”蓝狗嘟囔着，一边来到一块广告牌前用鼻子嗅了嗅那些又粗又黑，显得身体很健康的字母，一边说道：“这是鼻涕虫乔装的字母……真是奇妙的伪装，它们很可能是来自另一个星球，这套手法没有什么高明之处。”

“有可能，”塞巴斯蒂安也表示同意，“我猜想它们很可能是远古时代的从太空中掉下来的一颗陨星，比如，掉在某一座寺院里，在这座寺院里由抄写人员按原样抄了下来。”

“对，”蓝狗说，“很可能是这样。字特别黑，其中透着模仿的痕迹。它们便很快地躲在魔法书的里边，然后再模仿寺庙里和尚抄的那些字。谁还会想得到，一个外星来的入侵者会藏在一本魔法书里呢？”

“但这一切并没有告诉我们怎样摆脱它们呀！”佩吉说。

“也没告诉我上哪儿去才能找到我想找的地址！”塞巴斯蒂安直截了当地说。

佩吉·苏很理解他被这些个人问题所困扰，也明白他是对发生在他周围的这一切有点讽刺的意味。

“一定要把这一切通报给市政当局，”格拉妮·卡蒂决定说，“但我也怀疑他们是否会认真听我们的话。你们还是孩子，而我呢，只不过是个女巫，谁会相信我们？最幸运的也不过是他们会把我们当成一些异端教派。”

尽管有这些怀疑，她还是来到市政厅，并向市议会力陈正在威胁着本城的危险，但她却白花了力气。

“我白白地讲了一个小时，”她走出市政厅时叹着气说，“他们已经感染上瞌睡病。你们如果见到他们就明白了，脸色苍白，双目深陷，一个个都坐在座位上打盹，甚至连我的话都没听见。就在那个时候，词语——吸血蚂蟥已经从行政文案中跑了出来，正向桌子上爬，而且到处都是，地板上、天花板上也都是。有的竟和狼蛛一般大。”

“为什么它们不攻击我们？”塞巴斯蒂安问，“我的印象是，我们好像是惟一没被它们偷走鲜血的人。”

“那是因为我们曾帮助它们逃出来，”佩吉·苏痛苦地回答，“这件事使我们变成它们的同伙了。它们优待我们，是为了表示感谢……要么就是它们可能认为会在不久的将来有求于我们，可能它们把我们看成它们忠实的助手了，只要想到这件事，我就不舒服！”

在这一周，形势日渐恶化。

如果报上的字愈变愈大，那么它们的受害者，这里的居民，就要变成可怜的透明物了，他们的皮肤将会变成透明纸一般，里面的器官便被看得清清楚楚。有些报纸一页纸就只有五六行字。而人们对这种报纸还是照买不误，因为他们已经失去了理智，已无法辨别到底发生了什么事。

“世界的末日到了。”蓝狗这样抱怨说，“我觉得当它们把伊桑格兰双塔堡完全控制住后，就要向另一座城市扩展了。”

“这种事不能再让它发生。”佩吉·苏说，“肯定会有一种解决办法的，这就需要我们去发现！”

“与此同时，”格拉妮·卡蒂说，“必须对这些不幸的人给予帮助。你们看到他们的头了吗？他们变得越来越透明了……也越来越薄了，相信他们不久就会变成普通的薄纸。”

她这话并非夸大。佩吉·苏不久便证实了她说的是正确的。自从这座城市的街面上布满了又粗又大、毫无意义的文字之后，这里的居民便开始变薄、变小，竟变得像蜻蜓的翅膀一样了。

“他们已经不像人样了。”佩吉忧愁地说，“就好像用纸剪的一样……”

“这一点儿不错，”蓝狗表示同意，“他们变得那么单薄……干瘪，我看见他们就想起蝴蝶来。我觉得只要一碰他们，就好像要散架似的。”

佩吉·苏和她那位四条腿的朋友跑遍全城各个角落，想努力找到能拯救被那些外星来的吸血鬼迫害的不幸的人的方法。当这些人中有的人显得过分衰弱时，她便上去扶他们一把，但从此她就不敢再松手不管，因为她真怕他们会在一阵大雨下变成纸浆。当她小心翼翼地把他们从地上扶起时，手上的感觉就像碰到一张广告纸一样。

“你别看他们变得如此吓人，”她向蓝狗解释说，“但他们可并没有变傻，他们的双眼还在动。有时候他们甚至还想张口说话呢。”

“那些吸血鬼甚至把他们的骨髓都吸光了。”蓝狗愤怒地说，“这些家伙可能是那么一种东西，即它们一定要吸食活的物质才能维持自己的生命，因此，就让这些居民保持着一种半死不活的状态。这些人已经没血、没肉，也没有骨头了……他们已经非常像人们夹在书页里的一片枯萎的花朵了。你甚至可以把他们放在手上把他们弄碎。”

“在未找到解决办法之前，一定要先把他们保护起来才行。”年轻的姑娘说，如果任凭他们暴露在大街上，一下雨，他们就完了。

就这样，佩吉·苏成了这些纸一样的人们的护士。这些人只要让风一吹，就会像秋天的落叶一样，在满街飘荡。

伊桑格兰双塔堡并不是一座大城市，对这些吸血的家伙们来说，用不了多少时间，就可以从城这头走到城那头。那些极少数还能用双腿支撑住身体的居民，尽管他们也是非常之虚弱，却也能够像睡眼蒙眬的人一样在大街上摸索着前进。他们半闭着双眼，已经什么事也不能再考虑了。只有他们想要放松一下自己的身体时，才摸索着走出自己的住所，到屋后边某一家保险公司里去活动一下，而这家公司也已经因一半以上的职员成了纸人一般而变得冷冷清清了。

不错，伊桑格兰双塔堡已经名副其实地正在变成一座幽灵城市。

这一段时间，佩吉·苏和她的狗正在街上到处奔跑着，在被遗弃的汽车之间穿行着，目的无非是想追上某一位纸人，把那个让风一吹就会吹到树枝上挂起来人救出来。这位年轻姑娘一开始对这种灾难性的工作很难承受得住，尽管她曾努力为此做好准备工作。但当她捉住一个已经皱皱巴巴的纸人时，她还是请格拉妮·卡蒂仔细地把他熨平，并且用纸条小心地把裂痕补好。

老奶奶完成了交给的任务，并把病人平放在桌子上。这个地方是市政厅的会议室，因为她最终还是决定在这个地方住下。

"我们面临的威胁，其力量远远超过我们，"她一边调整着蒸汽熨斗的温度一边叹着气说，"我不晓得是外星上哪一股邪恶势力发送了这么一批假扮成字母的吸血鬼来到地球上。它们把这些人已搞成半死不活的状态，成了一个干瘪的东西，智力已经到了不可再低的程度。如果采取输血的办法，也许还能恢复他们原来的面貌。那样的话，就必须去搞血浆，因为过不了多久，这个城市就一滴血浆也没有了。”

“当它们把全体居民都制伏之后，可能就会向另一座城市转移。”佩吉·苏低声说，“怎样才能阻止它们呢？”

“这我也不晓得，”外祖母回答说，“可能需要寻求外界的帮助，但话又说回来了，如果我们把这里发生的事告诉他们，有谁会相信？因此我们只能依靠我们自己。”

塞巴斯蒂安怀着另一种想法，也跑遍了这座城市，即他一心想到找那份上边有能使他摆脱可恶的沙子的术士的名单和地址。因为他心情极端沮丧，所以那些轻如纸片的人有好几次都被风吹到他的胯下，他却毫不在意。因此，有好几次他都踏在他们上面而丝毫没有发觉，只是不轻意地认为那只不过是让风吹落的旧广告而已。

有一天，他又在街上转了好几个小时，也不知自己该往哪里去。但这时他却突然发现，他的名字被写在许多建筑物临街的门面房上，而且那字母都特别大……

各种招牌、广告牌、招贴画，总之凡是被那些活字母所组成的广告词，都在动、在爬，然后就组成了他的名字。

塞巴斯蒂安……塞巴斯蒂安……塞巴斯蒂安……

总之，只要他的眼睛看到哪座建筑物，哪座建筑物上就会立刻出现他的名字。保险公司招牌上的字改了，汽车公司的宣传牌改了，所有的宣传用语都改成统一的，也是惟一的几个大字：塞巴斯蒂安。

现在的局面是，整个城市，无论是建筑物的高墙，或高楼的屋顶，都在向他打招呼。那些从魔法书店监狱的书里逃出来的吸血蚂蟥，通过它们惟一能使用的手段——组成词语，来向他致意。

“我都快成了疯子了，”这个年轻人心中暗想，“由于经常变成沙尘，我的大脑神经损失得有点儿太多了，可能大脑已不太健全，因此产生了这种幻觉。”

但他却分明地看到又黑又粗的字母在高墙上爬动，就像无数条浸着墨汁的巨蟒在组合他的名字。

他看得有些厌烦了，便选了一个合适的地方坐下来休息，并喊道：

“够了！我就在这儿，你们想干什么？”

此时，在一家工厂的围墙上，那些词语集中起来，迅速地组成了下面的句子：

你解放了我们。为了报答你，我们将向你提供你想要的一切。你想找的那个能治你病的人就住在黑色城堡里……他能制造你需要的奇迹。

黑色城堡……是那座已不存在的城市……

惊得目瞪口呆的塞巴斯蒂安站在那里有一分钟。就在这一分钟内，所有的词语都换了位，这封信也渐渐地消失，直到看不见。

这个年轻人打了个冷战，便赶紧向市政厅跑去找佩吉·苏和她的外祖母，并向她们讲述了他的奇遇。

“这太奇怪了，”佩吉喃喃地说，“在我们来的火车上我曾梦见过一个黑色城堡，还有一个巨人骑士在那里追我。当时情景十分可怕。”

“如果这位行医者能够制造奇迹的话，那么他也应该能够使伊桑格兰双塔堡的居民重新获得生命……”老奶奶沉思着说，“还要再了解一下情况，我们快些，现在就到土地造册处去，那里的官员肯定能提供给我们一些情况。”

幸好，土地造册处的官员还没有被搞成纸人。然而，此人对卡蒂·弗拉纳甘的问题持一种极端轻蔑的怀疑态度。

“黑色城堡……”此人嘟囔着说，“没有这样一个城堡，

在本地区我不知道还有一个叫黑色城堡的城市。”

“您能不能在登记册上查一查？”佩吉·苏请求说，“也或许那是一个很不出名的小村子……”

那位官员还在抱怨，但当他看到蓝狗开始冲着他瞪眼咧嘴露出白森森的牙齿时，他终于同意查查那些书，并真的在一本很古老的书籍中找到了这个名字。只听他傻乎乎地喊道：

“找到了！我刚才讲的是对的，它原来是存在的，现在已不存在了。那原先是一个小村子，在北部平原上，后来就消失了。原先那里还有一个隐修院。在这方面，文字记载得不甚清楚。好像是有人在那里用魔法为病人治好过病，当然，这只不过是一种传说而已。正因为这个传说，有一段时期，那地方好像还是众人进香的圣地。今天，黑色城堡只不过是一个幽灵城市，已成了一大堆瓦砾了。至于证据嘛，我可是从来没听说过。北部平原是一个泥泞贫瘠的地方，没有任何旅游价值。”

佩吉·苏趴在办公桌下面仔细地查看着地图，一边拿一支铅笔和一张纸在抄写着上面的东西。

“干的蠢事。”那位官员说，“那上面什么也没有，有的是一堆瓦砾和一些毫无根据的传说。如果说还有个什么人想在那个地方生活的话，那他可能就是一个傻瓜……”

离开市政厅后，佩吉·苏感到既不安又惊奇。塞巴斯蒂安皮肤下面那个词，现在已经移动到脖子上了。那些字母又重新展开，并且用哥特体组成了一个词：

黑色城堡

第七章 历险途中

“我留在这儿照顾这些纸人，”格拉妮·卡蒂决定说，“必须有人来照看他们。我们不能放弃这些可怜的人不管。他们遇到这种不幸，我们应负部分责任。佩吉，你只管放心和塞巴斯蒂安去黑色城堡好了。你们尽量找到那位著名的医生，并尽快把他请过来，以便使伊桑格兰城的居民恢复本来面貌。”

“我们到那边怎么行动？”佩吉·苏问。

“这座城市到处都是车，驾驶员都成纸人了。”塞巴斯蒂安高兴地说，“我们借一辆卡车好了，我车开得特好……另外，我也不认为在路上能遇到什么要人。”

说着，这个小伙子就坐不住了，他的急躁脾气一眼就看出来。

首先要想办法选择一种交通工具。塞巴斯蒂安选了一辆装甲运钞车，那是驾驶员在受到外星来的吸血者袭击后横停在公路上的。

在为汽车加满了油，准备了走远路所需的充足食品和衣物之后，两位年轻人便向卡蒂·弗拉纳甘告别，随后便直奔北部平原方向而去。

在他们离开这个城市的时候，佩吉·苏看到了那只耳朵上有伤痕的白猫正在人行道边上坐着。它瞧着这辆运钞车远去时，眼里流露出一丝嘲笑的光。

“它好像在嘲笑我们。”姑娘暗想，“这可能不是个好兆头。”

按照佩吉在土地登记处抄下来的指示，两个年轻人离开这里那些走惯的街道，直向一条潮湿、泥泞、在平原上弯弯曲曲的小路奔去。

“这对鳄鱼们来说，就像个度假营！”蓝狗叫着说，“可不像周围景色那么可怕。”

中午，塞巴斯蒂安把车停在路边，叫大家都下来活动活动腿脚。这时，一位老人身披牧羊人的短披风，从一个半坍塌的石屋里出来，直向他们这边走来。

“喂，我说，孩子们，”只听他大声说，“我不晓得你们是否知道，你们已经走上那条魔鬼之路了。”

“什么？”佩吉结结巴巴地问，“您说什么？”

“这原是一条古老的朝圣之路。”老人用沙哑的声音解释说，由于他的乡土音很重，所以听起来十分费力，“你们就站在它上面……我们大家都叫它为‘魔鬼之路’，那还是我很小的时候的事呢。你们不要往那里走……”

“我们要去黑色城堡，”塞巴斯蒂安说，“这样走对吗？”

“对是对，”牧羊人说，“但这可真是个高明的坏主意。我要是你，我就转身向回走。那边已经没有人了，只有一大把像我这样的老糊涂还住在那儿。那是个讨厌的地方。”

“我们听人说，有一位医生……”佩吉开始转入正题。

“你指的是那位黑衣骑士！”老人冷笑说，“你们想去把他弄醒，可不是个好主意。”

“什么黑衣骑士？”塞巴斯蒂安问。

“那是老话了。”牧羊人说，“已经是几百年前的事了。

大家传说，那个地方的领主为了躲避在当地疯狂流行的鼠疫，便把自己和他全家关在一个城堡里，并且拒绝任何外人进入，甚至他的下人上门来请求帮助他都拒不接见……他十分害怕被传染上鼠疫。尽管这样，他还是被传染上了，而且就此一病不起，几天后就死了，接着他全家人也都死了。由于他缺少对众人的怜悯，大家便对他实行惩罚，判处他的灵魂只能在泥泞的平原上游荡，并让他穿上生前的盔甲，到处医治当地的病人。当他面临一个濒死的病人时，他便把他的护手甲放在病人身上，这时病人身上的疾病便爬了进去，并把自己关在里面，就像把自己装在罐头里封起来一样。懂了吗？疾病一离身，病人立刻就痊愈了。”

老人停了一会儿，用火点上他的烟斗。佩吉·苏对面前这位老人不知该怎么想。只见他的眼睛里透出一丝狡黠的光芒，这使她想起了书店里那只白猫的目光。

“那么，他是不是一个恶魔，在半路上等着我们，设下圈套让我们来钻？”她心中暗想。

“由于他每天都在大平原上游荡，再加上他治好的病人越来越多，于是他的铁甲里也便装满了疾病。”牧羊人在长长地吸了一口烟斗并喷出一团散着难闻的怪味的烟雾后，又继续讲下去，“你们知道吗？那里边装满了各式各样的疾病：有鼠疫病、有麻风病、有霍乱病、有伤寒病，还有其他一些传染病。日久天长，这个盔甲就变成了一个充满致命毒菌的大容器。这时，这个骑士也就把自己关在他那城堡的一堆废墟里躲了起来。他怕的是他那个装满各种疾病的盔甲爆炸，并把疾病释放出去。正因为这样，这件治病的事就停止了。但那位骑士却始终待在那里，把自己关在那个既没有门也没有窗的城堡里，就是那个用暗色石块建成的城堡。”

佩吉·苏听罢不禁打了个寒战。这位牧羊人的叙述竟和她在火车上做的那个梦完全一样。在梦中，她自己不正是在一个黑色城堡的错综复杂的道路上，被一个巨人甲士追赶吗？

难道这是一个预兆？

“从前，在我年轻的时候，”老人继续说，“人们经常为了治病到黑色城堡去朝拜，大家把病人、残疾人、畸形人都带到那里去。正因为这样，大家便把这条路叫做‘魔鬼之路’。”

“谢谢您的讲解，”塞巴斯蒂安打断他的话说，“但不管怎样，我们还是要继续向前走。”

“你错了，我的孩子。”牧羊人说，“那边会出现许多麻烦事的，已经有很多年了，老实人一直不敢到那儿去。”

塞巴斯蒂安不怕威胁，并坐在方向盘前。

“祝您愉快。”说着就扭动了发动机点火的钥匙，“但是，您的羊群在哪儿？我怎么从未见过有一只羊呢？”

“我不放羊。”老人回答说，“我是看鬣蜥的，它们在那边的烂泥塘里玩呢。它们的肉特别鲜美，在本地区是闻名的。用它们的皮可以做成十分耐穿的衣服，而且还不透雨。在平原这个地方，雨水特别多。不久你们就会有亲身体会的。雨还下得特别大，那天上的水就像瓢泼的一样！都会把人淹在里面！”

塞巴斯蒂安把汽车发动起来了。

“真是个怪人。”在走出百十米远以后，他说。

“你相信吗？就是他讲的那个盔甲里装满疾病的事？”佩吉·苏问。

“一个传说而已。”他不以为然地说，“一个大白天说的梦话。”

但佩吉·苏明白，他决心要治好他的病，甚至不惜和魔鬼签合同。

第八章 小人村里的囚徒

佩吉·苏、塞巴斯蒂安和蓝狗乘车走了一个小时，天便下起雨来。那雨量之大，竟像一堵水墙向着汽车压来，雨水打在车壳上像打鼓一样。

“这雨就像一串有六百万个钢珠的项链刚刚断了线一样。”姑娘暗想，“这些钢珠一样的雨点打在我们的头上，可能会把我们的头颅打出许多洞！”

三个朋友不晓得他们现在身在何处。已经走了一百公里，这里的景色却一直未变，而那些石头，形状颜色都一模一样，就像一片孪生兄弟。大雨如注，使佩吉·苏感到非常害怕。牧羊人刚才那些带有威胁性的话，现在还在她耳边响着：“在北部平原这个地方，雨水特别多。不久你们就会有亲身体会的。雨下得还特别大，那天上的水就像瓢泼的一样！都会把人淹在里面！”

汽车开得很慢。塞巴斯蒂安几乎趴在方向盘上，头几乎缩在肩里。

“我觉得我们就像掉在大海里一样……”蓝狗嘟囔着说，“如果这时我看到有鱼游过去，我也不会吃惊的。说不定会在道旁站着一条美人鱼，招呼我们停车搭载呢！”

佩吉·苏不快地耸了耸肩。

“别再胡说了。”她不耐烦地说，“不要夸大其词，这只不过是一场大暴雨而已。”

“对，对，”蓝狗表示同意，“但请你不要忘记，我有了解你想法的特异功能。我已看出来了，你和我一样，也有那种被困在水下的感觉，嗯？”

佩吉一声不响，便低下头开始查阅在土地造册处抄来的资料。那标志着村庄位置的圆点仍然十分遥远。

当年轻的姑娘刚刚抬起头来，就在这时，只见一个黑影正在穿过道路……

使塞巴斯蒂安奇怪的是，无论他如何转动方向盘都不起作用，那汽车还是拐到沟里去了。这是件怪事。那汽车开得十分缓慢，要刹车完全来得及，而且无须顾虑车子会撞上行人。

这辆装甲运货车努力想爬上这段斜坡，但还是陷在泥泞中出不来，发动机也熄了火。

“现在，我们是一点儿办法也没有了。”年轻人说，“要想使车子开出泥沟，实在没有那么大的功率。要出来，只有弄辆拖拉机来拉。”

“可这个地区不是只有一部农用机器吗？”蓝狗说，“那是做别的用处的，不能在泥塘里使用。”

佩吉·苏把手放在车门上，那个黑影站在路中央一动不动。他那短小的身材使人想到一个小孩被裹在一件过于宽大的黄色雨衣里面，那面孔被雨帽完全遮住了，双手摇动着，身子横在那里，样子像个侏儒。是否下车，佩吉·苏还在犹豫着。至于为什么，她很难说出，但她却突然觉得，这个黑影很使她害怕。她觉得在这姿态后面，有点非同寻常的东西。

“不要那么胆小！”她一边准备下车一边想。

“喂！”当她刚一开车门便这样喊了一声。

当这个孩子听到她的喊声时，便踉踉跄跄地跑了。他跑走的样子几乎看不清楚。佩吉·苏来不及细想，便离开汽车追了

上去。大雨的劲头使她吃惊，竟使得她喘不出气来，她只觉得才只一秒钟的时间，她就已全身湿透。她弓着腰在泥浆中继续追赶那个少年。

“喂！”她又喊了一声，“回来，我不会怎么样你的。我们的汽车抛了锚……”

她越是喊，那个孩子越是跑得快。尽管他的脚有些跛，但他的动作却出奇的灵活。佩吉在泥地里费力地追着，中途还摔倒了两次。这片荒原就像坦克的练车场(又像一个驯象场)，到处是坑坑洼洼。

塞巴斯蒂安和蓝狗这时也追了上来，塞巴斯蒂安帮助佩吉站了起来。在这种大雨下，惟独他一个人感到最轻松，因为他那始终处于干渴状态下的皮肤，这时就能痛痛快快地吸收雨水了。

三位朋友这时透过雨幕又发现一片光亮。

“那边是一个村庄！”塞巴斯蒂安惊呼，“我们可能会在那里找到帮助我们的人。”

于是三个朋友便艰难地向着光亮走去，那是人家的窗户里透出来的黄光。这时突然在路旁看见一块木牌，只见上面写道：黑色城堡，人口：75人。

75那个数字被人用油刷划了一笔，很难看地把75改成72

人。这个不祥的改动使佩吉·苏打了一个冷战。

木牌很小，就好像专门给孩子们和……侏儒做的。

我们这位年轻的姑娘对着村子直眨眼。那个窗子里透着光的村子，她既觉得很近，就在眼前，又觉得很遥远。这是她视觉上出现的幻觉。正在这时，她恢复了清醒，原来这些房子距她只有十几米远。她之所以觉得离得很远，因为她自己在实际上也非常小。

“又是一个原子香肠！”蓝狗说，“这简直是玩偶村。”

“就是！”塞巴斯蒂安表示同意，显得特别惊讶，“这不是小人国的村子吗？”

这里民房的高度不超过一米五。惟有一座教堂的钟楼有两米高。佩吉蹲下身来喘气。透过令人模糊不清的雨幕，她发现，这个小村子的建筑，在某些具体问题上叫人十分疑心。用的建筑材料和普通的房屋一般无二，而且什么设备都考虑得很周到。比如，安置在小栅栏上的信箱，还有制造精美的百叶窗等等。在杂货店的橱窗里，陈列着各种精巧的日常小用具。就像正常人家为自己的小姑娘准备的过家家用的各种小玩意儿一样，如小汤碗、小碟子、小木桶等等。这些小房屋都建得十分精巧，但那走廊和阳台上满是泥浆，就好像有人在上面走过以后从来没有擦洗过似的。

“喂！这是怎么回事？”蓝狗叫道，“难道说我们掉进了蓝精灵的村子里了？我看还是小心点儿为妙。有人说小人国的人不喜欢外人进去，否则他们会把来人的耳朵剁下来做帽子用。”

“这些肯定对外来人很有吸引力。”塞巴斯蒂安猜测，“一个专门为孩子们设计的袖珍城市，这是市政厅为招揽游人到黑色城堡参观而出的点子。”

“是的，应该是这样吧……”佩吉说，现在才放下半颗心。

就在这个时候，她看见那个满身涂着黄泥的孩子，在村口的一所房子外打开房门闪身走了进去，就好像他原本就住在那儿似的。

“喂，是你吗……”她大声招呼着，但那个孩子一声不响很快地就把门关上了。

这时这三位朋友都感到很不自在。

“你们留在这儿，”佩吉悄悄地说，“先别吓着他，我自己先过去看看。”

“但，对小人国的人来说，这孩子未免又太大了。”蓝狗评论说，“但不管怎么样，你小心保护耳朵就是了！”

这时佩吉便一直走到村子的主要道路上去。塞巴斯蒂安和蓝狗就站在村口等待。姑娘的双肘都能碰到房子的屋顶。这个时候，她就是外星上降下的巨人了。一些房屋里还有灯光从窗里透出。但她脸上的那些泥水，使她无论如何也看不清屋里的情景。她走路引起小屋里一阵不可理解的纷乱，而且里面有沉重的声音，震得墙壁直晃，就像一堆人在里面打架一样。佩吉走过教堂的钟楼，用怀疑的目光看了一眼那个挂在离地面仅两公尺高的青铜钟。

“别冲动，”她对自己说，“这只不过是暗地里藏着的一个孩子，想把这个地方当成他的一个秘密住所而已。你只要跟踪他到他的住所，然后再装神弄鬼地吓他一跳，也就差不多了。”

这样想着，她已经来到刚才那个孩子进去的木屋前面，雨水顺着石板铺的屋顶向下流，哗哗地流进水槽里。小巧的风信标在大风中摇动着。这里甚至也装了一个信箱。

佩吉对着门蹲了下来，决心要照章办事，于是便很礼貌地敲了敲门。她觉得自己似乎有点儿傻，但这可能也是使这个孩子放下心来的惟一办法。她的这种做法引起了一系列激烈的撞击，就像一大群妖怪争先恐后地沿着曲折的走廊向地下室跑去一样。她想这一次一定要弄个水落石出。于是便伸手去拉那个铜门把手。门并没有锁着，如果弯下腰、低着头，一个成年人也可以进得去，但必须在里面爬着走。佩吉穿着一身湿透的衣服直发抖。

她钻了进去。呸！里边一股猪圈味儿。这孩子在这地方玩，岂不会让这味儿熏死？

棚顶上几盏没有灯罩的电灯发着黄光。

“你好，”她说，想尽量把声音放得平和些，“你别害怕，我是来请你帮忙的，我们的货车在沟里抛了锚，必须……”

说着她就停下了，估计讲这些话是白费劲了，她趴到地上用手爬到一间屋子里，一股猫窝的味道，确实不好闻。再说，这样一个破旧的屋子，也绝对放不下任何足以让这个孩子堆放在这里的各种“宝贝”，因此她草草地看了一遍这个地方，既看不见玩具卡宾枪，也看不见糕点盒，更看不见巧克力。

于是她又很费劲地来到另一间屋子，在这屋里她见到了那个孩子，正背对着她。他是因为害怕才这样，由于吓得直哆嗦，身上的黄漆也跟着直抖。

“你不应该害怕，”她和蔼地轻声说，“我不是坏人，只不过感到很冷。我和我的一条狗和一个同伴一起来的，我们只是想找个地方避避雨，等雨停了就走。你懂吗？嗯？”

这时，那个孩子便转过身来，这一下把佩吉吓得几乎喊出声来。

那不是一个孩子，而是一头猪，一头小猪崽，正在挣扎着想保持住平衡，是一头用后腿站立的小乳猪，身上穿着一件黄漆布的衣服。

两只黑眼睛显得很惊恐，下面一副脏兮兮的长鼻子。就是这样一只被装扮成小男孩的猪崽，正在摇摇晃晃地换着脚站在那里。

年轻的姑娘惊得一动不动。

这头小猪哼哼唧唧地弯腰站在那里，两只前蹄子放在黄漆布衣服的口袋里。最后它似乎明白了这个陌生姑娘对它并无恶意，便把两只蹄子从衣袋里抽出。这时佩吉·苏又吓了一跳，那原来是两只人手，那是两只粉红色的，又细又软的小手。这两只手绝不比小孩的手大。

这头猪向前走了几步，在她面前摇着它那个长鼻子。对此，她实在不知道如何是好。

只听它哼哼了几声，然后就把两条前腿垂直地放在身体两侧。在它的面部，明显地能看出泄气的表情。佩吉·苏还没来得及克服自己的惊讶，便又见到另外一些影子，它们都是从小屋子另一头过来的。它们中有猫、有狗，都身穿宽大的布衣服。它们一个个都是爬着向前移动，发出一阵阵鞋子蹭地的声音。

它们总共大约有七八只，有的猫叫，有的犬吠。它们的前爪都一样像粉红色的人手，而它们又明显地不晓得这种手的用途。好像都在说：“告诉我们这怪东西的用处！它们有什么用处吗？还是这东西能吃？”

惊慌失措的佩吉·苏便开始顺着它们的双耳抚摸它们。

潮湿的家畜味充满了小房子。现在她可以在近处仔细打量它们了。这个年轻的姑娘发现，它们身上穿的衣服，其缝制的方法都是给它们穿上自己就脱不下来的。

她坐在地板上，头却直碰天花板。“我这是到什么地方来了？”她心中暗想。

她擦了擦自己的双肩。她的衬衣全湿透了，冷得要死。于是便决定给她的朋友们发一个心灵感应，告诉他们自己在什么地方。三分钟之后，塞巴斯蒂安和蓝狗就找来了。

尽管大家可以估计得到，但对发现的这一切还是感到惊讶。

“你试着测一测它们在想什么。”佩吉命令蓝狗说，“也许我们能弄清楚这里是怎么回事。”

蓝狗照办了。

“它们现在心里很害怕。”一分钟以后蓝狗说，“它们说，它们也不再想被治好了……它们只想再回到自己主人那里去，回到自己的窝里去。它们还希望皮包骨医生别再管它们了。”

“皮包骨医生？”佩吉不解地说。

“我只能大略地把意思传达过来，”蓝狗说，“因为它们不是用词语来思考，它们用的是形象。在它们的意识中，随时都出现着一个影子，即一个高大瘦长的人的影子，这个人用敷料布把它们包起来，那形象相当模糊。可能它们想的就是一个很瘦的男人，瘦得只有皮包着骨头。是不是一位兽医之类的人？”

“是不是那位大名鼎鼎的医生？他不就住在黑色城堡吗？”塞巴斯蒂安说。

“我好像也有这个印象，”佩吉说，“好像是他正在这些家畜身上做试验。我可不太喜欢这样。”

“很可能是他把它们像豚鼠一样当试验品，为了试验一下他将用在人身上的药效果如何。”小伙子这样猜测，“所有的学者都这样做的。这至少可以证明，我们这一次没白跑。我们要找的那位医生确实存在！”

第九章
雾气弥漫的袖珍城

外面的雨点渐渐稀疏了。这时平原上却起了雾，雾气逐渐弥漫了这个袖珍城。佩吉·苏打开房门。她弯下身子，脸几乎贴到地面，这样她才能更好地观察这个奇怪的小城。这里城市应有的设施一应俱全，比如，有反射镜的路灯，比如小城广场上的纪念雕像——那是一个戴一顶军帽，挎一把龙骑兵的腰刀，满脸胡子的人。此外还有各式各样的招牌，如面包店的招牌、服饰缝纫店的招牌、粮食店的招牌等等。

“我有一种不好的预感，”蓝狗说，“我可不太喜欢那位皮包骨医生来照顾我，比如把我的前爪变成两只手，把鼻子变成大喇叭，或者把尾巴改造成一个信号灯。我们离开这儿吧，行吗？”

“不可能！”塞巴斯蒂安打断它的话说，“我到这儿来就是为了重新变成一个真正的人，我决不能才遇到困难就泄气。”

“说真的，我倒是同意蓝狗的意见。”佩吉说，“这里发生的这一切都叫人疑心重重。这些可怜的畜生，它们并不因为被改变成那个模样而感到快乐。”

“你们都是胆小鬼！”小伙子生气地说，“如果你们害怕，就请走人，我留在这儿。”

“他太神经质了，”佩吉想，“为了治好自己的病，打算什么条件都接受，但愿他不要把自己的脑袋心甘情愿地向狼口里伸。”

想到这儿，她心里感到很难过。

当佩吉准备要离开这个小屋子时，突然听到外边有在泥地里走路的脚步声。有什么人来了。难道会是皮包骨医生吗？她对这个雾里出现的人抱着恐惧的心情，便又把房门关上，只留一条小缝，这样可以使她看到外边的情况。只见在村口的雾气中出现了一个黑影。

慢慢地，佩吉·苏便看清了来人。那是一个年龄在十五岁左右的少女，棕红色的头发，脑后束着个马尾辫。只见她有一张红色的大嘴显得很贪吃，同她那张长着雀斑的面孔上的严肃表情形成了鲜明的对照。她身穿一件宽大的粗毛线衫，一条牛仔裤和一双胶鞋，用一只手端着一个盆子，里面装着一些猫狗的饲料一类的东西。她在街上走着，挨家串户，每到一家便蹲下身来把小门打开，然后把装饲料的小钵子装满，便顺手推到各住户的房间里去。每次这样做时，她总是重复这几个词：哦哧……哦哧……哦哧……这是乡村农民们召唤家畜时发出的声音。这个姑娘脸色十分苍白，表情果断。渐渐地，她距离佩吉和她朋友们蜷缩在里面的那间屋子越来越近了。而那些畜生闻到了食物的味道，便在他们身后不耐烦地躁动起来。猫在喵喵地叫，狗在汪汪地吠。就在佩吉准备出去时，那位姑娘也正好打开了这一家的门，并发现了她。她恐惧极了，吓得她已没有力量开口喊叫，手中的盆子也掉在地上。她在泥泞中跌跌爬爬地走着，极力想让自己镇定下来。倘不是佩吉一把把她扶住，她就会闹个大前趴了。待到佩吉把手搭到她肩上时，那位姑娘吓得几乎瘫倒，好像恐惧使她变得手足都不能动了。只见她目光呆滞，睁大着眼睛，张着大嘴，一动不动。

“我对你没有恶意。”佩吉尽量语气十分温和地说，“我是和我的同伴一起来的，我们的汽车抛了锚。你就住在黑色城堡吗？”

这位小农民冲着她直眨眼，她的羊毛衫上散发着一股潮湿的羊骚味。

“你们是朝圣的人吗？”她用勉强听得见的声音问，“你们到这儿来是为了治好怪病的吗？”

“是的，”佩吉·苏回答，“我们不熟悉这个地方，我们是来寻找一个城堡，或者一个隐修院的旧址的……就是很久以前用暗色石头建起来的一个建筑物。”

“您是说的那个高墙吧？”少女一边活动着一边说，“就在那里，住着皮包骨医生！但不能去那里。离开这儿吧！十年以前就已经禁止朝拜客到那里去了……”

少女现在已恢复了体力，佩吉也不再扶着她了。少女躲开她，偷偷地用怀疑的目光看了她一眼。

“你病了吗？”然后她这样问，“你是不是得了一种一般医生治不好的病？”

“不是，我没得病。”佩吉·苏告诉她说，“是我的同伴塞巴斯蒂安，他需要帮助。”

我们这位小伙子就在这个时候，把头从小屋里伸了出来。他那一头乌黑发亮的头发，那一双大眼睛，确实叫人看着喜欢。每当他在女孩子面前出现时，她们的反应一般都是这样的：首先是睁大了眼睛，脸上立刻就红了，然后便开始在他面前调情……（这一切往往会把佩吉·苏推上愤怒的巅峰，并且真想走上前去使劲地打她们几个耳光。）

我们这位小农民立刻便走到塞巴斯蒂安身边，并且毫不拘束地把双手伸进他的衬衣里面并用手抚摸他的胸部。这时只见她闭上双眼，集中注意力把她那两只冰凉的手在他的胸上来回抚摸，一副神秘的诊断模样。

"怎么样，又来了！"佩吉·苏心中暗想，"我的小宝贝，你用不着不好意思！"

但这位棕发少女却丝毫没有调情的意思，表现得更像一个女护士在给一个病人实施诊前检查。

"我不晓得你是从哪儿来的，"她终于开口说话了，并用担心的目光看了塞巴斯蒂安一眼，"但你身体有问题，我感觉到了。我有一种特殊的本领，能立即发现你有什么疾病。你的机体极不稳定，好像马上就要散架似的。就好像……就好像你立刻就会倒下来成为一堆散沙似的。"

"好像有点儿对。"塞巴斯蒂安痛苦地说，一面把自己衬衣的纽扣系好。

少女显得有点局促不安。突然，她嘟囔了一句什么话，因为她的那些家畜利用这个机会都跑出了屋子，一齐奔向饲料盆子。她赶紧跑过去把它们赶开。

“这些家畜，”佩吉问，“它们为什么被弄到这儿来？”

“它们都有病，”少女回答说，“因为它们快死了，所以就被送到这儿来了。”

“你是在嘲弄我吧？”佩吉不高兴地说，“你这样讲，并没说明它们为什么长着人的手，也没解释为什么它们用后腿站着走路，并打扮成孩子的模样！”

“你们真的想到高墙那边去吗？”棕发少女有意避开话题，便这样问，“如果为了治病，你们来得可是太晚了。应该在十年以前来。可现在已经完全不行了，这些已经不是什么好事了。有一些在你们之前来的人，他们都感到非常遗憾。我本来事先告诉过他们，但他们都不相信我的话，他们自以为非常机灵，城里人都这样。”

说罢，她耸了耸肩，又转过身去分她的饲料。待到把饲料分发完毕，她又忙着整理它们身上穿的衣服，就像一个幼儿园老师给一群淘气的孩子整理衣服一样。佩吉决心不能粗鲁地对待这个奇怪的小姑娘。

“我的名字叫佩吉·苏·费尔内，”她说，“你呢？”

“我吗？我叫珍妮，全名是珍妮菲尔·阿芒达·奥尔美。今年十五岁，就是本地生人。我了解这里所有应该遵守的法律规定。你们应该相信我，并且听我的话……如果你们想自己完好无损的话，至少应当这样做。”

佩吉·苏明白了，对这个小姑娘，绝不能和她正面发生冲突。珍妮似乎没意识到当前形势特殊的一面，她的言行就好像自己还是在鸡棚里面对着一群鸡一样。

“我看这个女孩是不是头脑有点儿问题。”塞巴斯蒂安用心灵感应对蓝狗说。

“不，”蓝狗回答说，“她一生下来就和一些非同寻常的奇人在一起，所以她就表现得对什么都感到不足为奇了。”

待到珍妮忙完了，好像才想起了她旁边还有这些陌生人，便转过身来。

“你们过来吧，”她说，“别总在外边站着，特别是天快黑了，不然你们会出事的。会碰上不愉快的事的。”

第十章
皮包骨医生

“这条蓝狗为什么戴一条领带？”珍妮问，“它是不是从村子里来的，它病了吗？你们把它带到这儿来，是想不要它了？要是那样的话，就要给它穿别的衣服，只扎一条领带是不够的。如果你们愿意，我可以给你们一些旧衣服。”

“根本不是那么回事！”佩吉反驳说，“这是我的狗，我走到哪儿它跟到哪儿，它还有心灵感应。如果它想和你对话的话，你头脑中就会反映出它的想法。”

珍妮耸了耸肩，对这些话并不感兴趣。在她想离开之前，又用了一些时间最后检查了一遍这些牲畜的衣服。

“这些小动物并不喜欢被打扮成这样，”她说着又重新整

理了一下一头小猪崽的上衣，“它们没有这种习惯。”

这些小动物也很老实，给它们整理衣服时，也不太乱动。佩吉·苏在这个奇怪的小姑娘面前也不敢过分地深问，因为她看起来非常固执。这个草原整个被一种极神秘的氛围笼罩着。对此，她特别想了解得更多些。最后珍妮终于做完了，并做了个手势，叫他们跟她一起走。三个年轻人离开了小人村，那些小动物们则群集在广场上看着他们。

“别看它们，”珍妮命令说，“也别表现得太注意它们。它们有病，所以才把它们放在这儿。至少，它们会有些用的。”

“但要让它们干什么呢？”佩吉·苏问，由于担心，她的心抽紧了。

“把它们治好，”珍妮说，一边耸了耸双肩，“这你们能看得出来吗？当初它们才来的时候，一个个老得几乎要死了，可是现在呢，它们一个个都非常健康。”

“是的，”蓝狗用心灵感应说，“除了它们长了两只人手和走路像人一样以外！”

珍妮在泥泞的小路上飞快地走着。佩吉和塞巴斯蒂安很艰难地跟在后面。周围的景色死气沉沉，这种氛围即使是一个吸

血鬼，也会使它失去从坟墓里出来吸血的愿望。到处都是一些上面呈圆形的灰色石头从地面上竖起，就像一些秃头伸出地面。透过水雾，佩吉发现至少在一公里外又出现了一个村庄。她立即明白了，她眼前的这个村庄乃是和前一个小人国的村庄一个模式的居民点。那里的房屋布局也同前一个村庄一模一样，教堂也建在同一个位置，只不过这里房屋住宅的比例和普通的一样。

这时珍妮改道向右面走去，这条道直通一个废旧汽车场。那里堆放着一堆堆破汽车的铁架。

“我和我父亲就住在这儿。”她说，“在新道路没开通之前，经常出交通事故。爸爸以回收那些破车为生。现在他已经不能动了，因为一辆旧拖车的底座翻了，压在他身上。他的骨盆被压得粉碎。不管怎么说，这种收废铁的事，就再也没人感兴趣了。”

处理场①的四周用刺铁丝网围了起来，从外面看，那样子就像座军营。铁丝网因风吹雨淋都已锈蚀。

珍妮用手指了指一辆架在水泥墩上的旧篷货车，佩吉马上

---

① 指把废旧汽车集中在这里进行拆卸处理的地方。——原注

就明白了。她就把这辆破车当住宅用。有一组发电设备同它相连，在一个大柱子上架着几条水槽把雨水从一个蓄水池子里引下来。

“来吧，”少女说，“你们要加点衣服，不然要感冒的。皮包骨医生一会儿就来，我可不想让你们把他引到我们这儿来！”

说罢，她便登上了一个木制台阶，并把那辆货车的后壁板打开。佩吉、塞巴斯蒂安和蓝狗便在她后边跟着，他们冻得直发抖。来到大货车里边，只见碗橱、衣柜等都靠在金属板壁上，这就使得这个地方像一个普通住家了。在一个阴暗角落里，有一台电热器正开着。再往里，就见一个满头白发的人躺在一张长椅上，他的下半身用被子裹了起来。

“他叫马蒂约，是我父亲。”珍妮说，“你们不用管他，他已经不能用脑了。你们先坐在电热器旁边，我马上就给你们找干衣服换上。”

说罢，她便走到塞巴斯蒂安跟前用一块粗毛巾使劲给他擦身上，那样子就像替一匹马擦洗一样。小伙子被这种简单的做法惊得目瞪口呆，只好任她所为。接下来珍妮便扔给他一件伐木工人穿的衬衣，接着又扔给他一条已经穿白了的牛仔裤。这些衣服都太大了，但却是干的。在他穿衣服时，珍妮便来忙佩吉的事，也是照样给她擦身子、换衣服。然后她又点上一个煤气炉烧咖啡。在货车里边躺着的父亲这时突然动了动，已经发觉这里来了外人。

“不！”他喊道，“我不想让人把我带走！我不想到圣迹去……不！我就这样躺着，我很好！我对你们说，我不想治病。”

他的声音是那么大，竟在货车的四壁间回荡。佩吉·苏的眼睛现在已经习惯了这个阴暗环境，她看见了，那人是一个奇瘦的巨人，但骨骼却十分粗壮，手掌很大，手指显得极其有力。

“你们不要强迫我治病！”他反复这样说，“珍妮！你这个不听话的小死东西！是你把这些小孩子领来的吗？如果他们敢动我一下，我就砸碎他们的脑袋……他们是皮包骨医生的护士，是吗？别让他们把我带到那边去，否则我会像拍蟑螂一样把他们拍扁！”

对这一连串的大喊大叫，那位小农民根本不在乎，她把滚烫的咖啡倒在金属杯子里，然后又从陶瓷缸里倒出一杯苹果酒加在里面。佩吉·苏和塞巴斯蒂安坐在一把柳条编的椅子上。天花板上挂着一个不带罩的电灯，以它微弱的光线照着这间篷车。从后面半开的门缝里可以看见整个平原，还有那两个村庄，一个真的，一个假的。

“为什么会这样？”佩吉问，“搞那么个微型村庄，再养着那么些变了形的牲畜？”

“因为朝圣的缘故。”珍妮一边回答一边坐在地上。

她有一张好看的面孔，但却长了一个农民的粗笨身体，宽宽的肩膀，肥大的后臀。无疑，在她父亲的废旧车场还在运作时，她就已经帮助父亲干了很久了，成天和那些铁块打交道，把她的体形塑造成这个样子，并使她长着一身男孩的肌肉。双手一伸，十指又粗又短，指甲厚而粗糙，和男人的一样。

“为什么有两个村庄？”佩吉坚持问下去，“一个大小和普通的一样，而另一个却那么小？”

“动物城，其实是骗人的……是一个诱饵。”珍妮小声嘟囔着说，“是为了欺骗皮包骨医生而设的圈套。”

“我可一点儿也听不明白。”塞巴斯蒂安不耐烦地说，他一直到现在，都在不声不响地听她们讲。

“我们这个地方，”珍妮开始讲述说，“在从前是制造奇迹的地方。四面八方都有人来，带来的都是些残疾人、盲人、疑难杂症病人。他们回去时都被治好了。完完全全被治好了。”

“完完全全？”塞巴斯蒂安又重复了一遍，眼睛里射出了希望的光芒，“甚至连残疾人也治好了？”

“是的……甚至连残疾人也治好了。”珍妮菲尔肯定地说，“只不过要多用点时间罢了，就这么简单。就是双腿全残废了，回去时都是自己用双脚走回去。我可以发誓，这里确实是个制造奇迹的地方。”

佩吉·苏半信半疑，心里不太舒服。她不愿意让这个迷信的小农民往塞巴斯蒂安的头脑里灌输些乱七八糟的东西。

“他会百分之百相信的，”她心中暗想，“因为这正是投了他的所好。其次，如果这次不能成功，那么他就会彻底失望了，我也就永远无法安慰他了。”

“你认为我在胡说八道，是吧？”珍妮说，她猜想佩吉·苏对此是抱怀疑态度的，“但这却是事实，我一点也没编造。当时我还很小，但却都还记得。”

珍妮两眼望着渐渐被雾笼罩的荒原，她回忆着从前那一群群一声不响的人们向这个村子走来的情景。那些捆在车顶上的担架，那些被安置在装菜卡车后面的残疾人……他们都是从很远的地方而来。他们都是在劳动中致残的，他们有的是独臂，有的一条腿，有的瘸腿，他们都是来求治的。但人们要求他们要守口如瓶，并威胁他们说，如果把这些消息传出去，将会遭到严厉的报复。这种奇迹只能使某些人受益，只能使土地的儿子得到好处，对外地人，对富人，对那些自以为什么都行的人就不起作用。奇迹，乃是穷苦人对不幸者的回报，对厄运者、对失意者的回报……也是某种矫正不义之举的措施。

凡是学者们的科学手段无能为力的地方，就会出现这种奇迹，它可以使无法使人相信的事变成可能，它可以使腐败的肌肤再生，使坏死的骨骼新生，使粉碎的骨头复位。

珍妮滔滔不绝地讲了起来，已不因这两个年轻人的到来而忙这忙那了。有时候停下来喝一大口滚热的咖啡。她的目光似乎已融入荒原上的大雾之中。

“人们告诉他们，叫他们不要胡讲乱说，但他们就是管不住自己的舌头。于是几个月过去之后，前来朝圣的人就越来越多。村子里的街道上全是残疾人。你要想到杂货店里买点儿东西，就得在这些病人群中挤……这我还记得很清楚。爸爸说，这样下去非出问题不可。果然就出了一些叫人难以相信的事。”

“发生了什么事？”佩吉·苏情不自禁地问。

“那些伤病员，”只听她嘟嘟囔囔地说，像浸沉在往事中，“大家把他们脱光衣服，蒙上眼睛，然后就把他们放在那堵高墙脚下、旧隐修院里和黑色城堡里……就把他们放在泥地上躺着，然后头也不回地走了。”

是的，那些伤残者、病人，被一个接一个地从平原上带走。并且村里的老年人叮嘱，一定要把这些人的眼睛蒙上，以便不让他们看到发生奇迹的过程。因为人们如果对他们所崇拜的对象的手法知道过多是不好的，如果他们不想立刻变成狂人的话。

“接下来呢？”佩吉紧张地问。

“我不晓得。”珍妮回答说，“任何人都不晓得，当那些被治好的病人回来时，他们已经什么都记不得了，只知道他们在那儿睡了一大觉，连梦都没做。”

“他们都是被治愈后出来的吗？”佩吉·苏强调地问，“甚至也包括残疾人？”

“是的，那些断了双腿的人，出来是都长了双腿，粉红色的。你最好能看看他们是怎么像才学走路的小孩那样摇摇晃晃地走路的样子。双臂断掉的，会像蜥蜴的尾巴那样长出来……双目失明的会长出新眼睛，耳聋的又重新恢复了听力。”

“这样得用多长时间？”塞巴斯蒂安问。

“有时候一个晚上，有时候要两天，这要看那人的伤势和疾病严重的程度。就是来时是个垂死的病人，出去时也变成了健康的人。如果你想看看治好的人的肚皮或胸部，看有没有疤痕，那也是白费了，那疤痕淡到几乎看不见，缝合的斑点早已消失了。”

对此，佩吉·苏小声嘀咕着，有些不相信。她原想耸耸双肩并认定珍妮·菲尔是个有谎言癖的人，但没说出口。

在以后的一段时间里，珍妮继续以兴奋的声调讲述着那个奇异的年代。使人感到，她曾经非常高兴地生活在那个充满魔法的气氛中。

“惟有已经死去的人，是救不活的了。”她解释说。有几个人曾试着把一些尸体放在高墙的脚下，但却没有效。没有人看到他们回来过。这种法术只能为活人使用。只要人的生命火花一旦离开了躯体，那奇迹就无法显现了。在某种意义上说，这也会使大家感到放心。这就证明，任何不信宗教的物和事，在那里都吃不开，还证明，生和死的基本规律是受到尊重的。

“断臂还能再长出来，”佩吉·苏吃惊地说，“这你们觉得正常吗？”

“怎么不正常？”珍妮反驳说，“蜥蜴的尾巴不是断了还能很好地长出来吗？……而且树上的果子，今年把它们摘下来，明年不还是照长吗！”

蓝狗在呜呜地叫，因为这些话的内容，它一点儿都不感兴趣。

“这些已经持续了好多年了，”珍妮菲尔喃喃地说，“我们日子过得很幸福，什么也不缺，因为朝圣的人给我们带来了各种贡品，比如食品、布匹，有时还有猪、牛之类的东西，都是根据来人的病情而定。随后，有那么一天事情就开始搞歪了。”

“病治不好了吗？”塞巴斯蒂安着急地问。

“不是……但那些病变得……稀奇古怪了。”

珍妮皱了皱眉头。只见她父亲在椅子上又动了动，接着又喊起来，说他不想治病。佩吉希望这位棕发少女能继续讲下去，但她却突然显得害怕了，怕自己话讲得太多。

“还是不时有人前来，和你们一样，”她压低了声音说，“我告诉他们不要固执己见非来不可，但是等于白说，他们从来都不听我的劝告。他们要不惜一切代价把病治好，于是他们就翻过那堵高墙进入修道院……可自那以后就再也没见过他们。至少，是没再见过他们原来的老样子。”

“这种事常有吗？”塞巴斯蒂安问。

“不，但当他们围着高墙想找个入口时，我们很快就会认出他们来的。”

“找入口？”

“对，因为没有门，也没有栅栏门，什么也没有。那堵墙把那些废墟围了个严严实实，如果你想进去，就要翻墙，从上面跳下去。这就是那些不顾我的劝告，一心想治好病的人常做的。所以我也就不再阻拦他们了，我白费唇舌地讲，也讲烦了。如果住在里面的修道士事先没考虑造个门的事，那就是说，他们不打算让人进去。你们不信吗？”

佩吉现在觉得自己心跳的节奏正在加剧。这一堵没头没尾的高墙使她觉得很不自在。在她眼前已经出现了那堵用灰色石块建成的找不到头的高墙形成的大包围圈。

“向我们讲讲那里的修道士，”她说，“关于他们，你都知道些什么？”

但珍妮只是耸了耸肩。村庄的人对于修建隐修院的修道士知之甚少。这太久远了，可以上溯九百或一千年前，可能还要多。有人说，他们修这堵高墙是为了防强盗的侵入。可另一些人又说不是。

“有什么看法？”佩吉·苏很固执地问，“是不是他们有这种想法，即造这堵高墙是为了阻止什么东西从修道院里出来？”

“也可能是这样。”珍妮说，“爸爸说，这堵墙是为了防止原先被那堆废墟埋在里面的人出来。”

“据你看，那里面是什么人？”塞巴斯蒂安不安地问。

“我不晓得……”珍妮菲尔低声说，“可老人们都称呼那个人是伟大的行医人，或者叫医务人士。后来就给他起了个外号，叫皮包骨医生。因为有人说他很像诸圣日前夕的那个魔鬼哈罗文，即路灯雅克①，但村里的人没有一个去看过他。我们也没有一个人越过那堵高墙，从来没有过。”

“那么，修道士呢？”佩吉问。

“那些修道士就死在里边了，一批接着一批，老死的。有人说，最后死的那个人差不多有三百岁了。那都是些隐修士。大家从墙上扔食品给他们，但从未见过他们的面。”

“他们死了以后，朝圣的人还来吗？”佩吉·苏问。

“是的，”少女回答，“这一直持续了很长时间，直到事情开始出了毛病，那时朝圣的人才少了起来。因为谣言到处传播，他们害怕了。”

“怕什么呢？”塞巴斯蒂安问，“是关于哪方面的谣传？”

---

① 皮包骨在诸圣日前夕穿一件俗气而华丽的旧衣服在街上走，一边在街旁竖一盏路灯。——原注

珍妮一下子便站起来了，脸上显得很固执，一直走到车的前门，在驾驶台旁边一动不动，用眼睛看着被雾气慢慢地笼罩住被铁刺网围着的废车处理场，一边把双拳放在衣袋里，显得非常生气，把腰弓了起来，就像一只愤怒的猫。

“关于治病的事，”她颇有保留地说，“治病，在那时已不很理想了，长出来的四肢变得有些畸形。比如新长出来的胳膊，竟慢慢地变得不像样子了，而腿呢……其他方面呢……”

她的口气里带点儿忧郁，而且很低，为了弄清她说的话，佩吉不得不伸长耳朵仔细听。

在低声细语中，珍妮回忆着对残疾人治病的奇怪的变化：用法术使他们身上新长出来的胳膊和腿，竟渐渐地长满了鳞片；手指和脚趾竟长出蹼来，那指甲长得竟像鹰爪。

佩吉·苏打了一个冷战。在快餐店里，面对着热乎乎的汉堡包，在就餐者的嘈杂声中，她如果听到这样的讲述，肯定会笑容满面。可如今在这个地方，在这个旧货车改造的屋子里，被愈来愈浓的雾气所笼罩着，她实在没有心情笑出来。

“那都是些魔鬼的胳膊和手，”棕发姑娘说，“你们能理解吗？”

这时，雾气已开始向货车的驾驶台罩来，马上就要进到车里。珍妮发觉后，便走过去把门关上并用一个铁门栓插上。

“天黑了。”她很厌烦地说，“你们就在这儿睡吧，要把你们的车弄好，今天不行了，太晚了。”

“就是因为你上面说的那些原因，你父亲才宁可躺在病床上而不去医治？”佩吉·苏悄悄地说，“我的意思是：就是因为魔法治病出了问题才不去治的吗？”

“是的，在村子里，大家不再把残疾人往高墙的墙脚下放了。大家也尽量不接待那些长途跋涉来朝圣的人了。因为这种人总是有的——就像你们一样！——他们总想不顾一切地试一试，甚至冒着变成魔鬼的危险。有的时候，他们就躲在那些动物的小房子里，以等待适当的时机。如果你要劝他们不要走得太远时，他们会变得非常凶恶。有一次，一个人竟想把我掐死。”

“我明白了。”佩吉说，“但你还没告诉我们，把那些动物打扮得像人一样是什么意思？”

“告诉你们又有什么用？”珍妮叹了口气说，“你们就在这儿躺下睡吧。明天我用个拖车，把你们那辆车从泥沟里拖出来。如果我不需要照顾我父亲的话，我一定请你们带上我和你们一起去一个真正的城市，离这些魔法远远的。这个地方没有一样是好的。如果我们不是这么穷的话，我们早就离开这儿了。”

佩吉·苏有一种感觉，觉得珍妮菲尔没把实情全部讲出来。于是她便用心灵感应同蓝狗交流，让它了解一下珍妮的想法。

“她没撒谎，”蓝狗说，“她一点也没有编造，但她却感到害怕。我也是……我想，恐怕有什么巨大的祸事要临头了。但我却没嗅到高墙里边有什么生人味。好像里面是空的……没人住。我弄不明白。”

这个货车里很暗，但在佩吉的感觉中，比这还要暗。

“我去热一下汤。”珍妮说，“然后你们就用这些铺盖睡觉。这样比较好，一定要避免夜里起来在黑暗中去平原上散步。”

佩吉不晓得该怎样回答。外面，平原上的风吹得大堆大堆的废汽车板咣当咣当直响，叫人听了感到害怕。有人曾说，有一个身穿铁甲的巨人骑士在平原上到处走动，就像她在去伊桑格兰双塔堡的火车上做的那个噩梦一样。这真有点叫人不太放心。

珍妮把汤倒在一只大碗里。没有汤匙，因此只好倒在容器里像喝牛奶加咖啡一样。这汤既热又好喝，佩吉·苏和她的朋友们对这种很稠、里面加了些没切碎的蔬菜的汤很喜欢。外面卖的罐头里装的汤从来没有这种美味。自从珍妮不再讲话以后，佩吉和塞巴斯蒂安的头脑中就挤满了她讲述中的那些情景。他们在想像着隐修院里的那些神秘的修士们为什么要造那么一堵既没有门、也没有栅栏的高墙把隐修院围起来？是谁促使他们这样做的？是因为对外界怀有恐惧？……还是相反地，害怕有某种东西从里面跑出来？

佩吉松了一口气，为今晚能在这辆车里过夜感到高兴，因为车身是铁板做的，这使她感到安全。

他们喝完汤之后，珍妮又切了一块面包，在盘子里放了一些软奶酪，还有一些果酒，然后就去那头照顾她父亲去了。那位老残疾人立刻又狂怒了，要她不要打扰他，让他安静一会儿，并且使劲大声喊着不要让人给他治病，就让他这样最好。佩吉坐在地上，塞巴斯蒂安和蓝狗也凑上去坐在她旁边。由于疲劳，她觉得脑袋都抬不起来了。待到珍妮过来时，惊讶地发现他们已经很舒服地进入半睡状态。但佩吉仍然有力量，又问她一次：

“为什么要把那些动物打扮成人的模样？”

“为了转移皮包骨医生的注意力，”珍妮一边说一边蹲下来，“好让他不要到我们这边儿来。”

佩吉听罢皱了皱眉头。

“你的意思是说……”佩吉猜测着说。

“对，”这个小农民悄悄地说，“由于大家不再去找他了，他便主动前来看我们。作为一个医生，他直接登门治病……他是强迫我们治病的。你懂吗？他是违背我们的意愿固执地要替我们治病的。”

佩吉这时不自觉地朝那两扇门看了一眼，那个铁门栓还插得牢牢的。

“你们确实不晓得他长得什么样吗？”她这样问，“就从来没有人见过他？”

“没有，一个人也没有。当他过来时，大家就都睡了，自然而然地睡了。就在你睡着的时候，他给你做手术，到你睡醒时，就已经晚了。”

“那么他有一种知道病人藏在哪里的本领了？”塞巴斯蒂安问。

“那当然了。疾病的气味能把他引来。当某人受了伤时，他就越过高墙一直来到村子里替那个人治病。因此我们就建造了一个生病动物村。那是为了欺骗他。”

“你这样说，就是说他不能分辨什么是狗，什么是猫……

和什么是人了？”佩吉惊讶地问。

“一点儿不错。”珍妮菲尔有点儿神经质地笑了笑，“他以为那些狗是人得了畸形病引起的。于是他就给它们医治，让他们能站起来走路，再把它们的前爪改造成手，然后再改造它们的声带，以便让它们能讲话。然后再把它们的皮改造过来，首先让它们脱去身上的毛，然后再对皮肤加以改造。在给这些牲畜动手术时，他就不来打搅我们。这也正是我们所希望的。”

蓝狗听了，直打冷战，差一点就要对着月亮狂吠了。

佩吉需要拿出一点儿时间来，对这一切进行一番思考。

“可那些牲畜，”她不禁问道，“它们……能治好吗？”

“一开始能被治好，但随后就变成魔鬼了。一旦发现这种预兆时，我们就先把它们杀了。这个工作由我来干，我是那个动物城的管理员。平时我负责喂它们，替它们穿衣服，待到一发现它们要变时，就把它们先杀了。”

停了一会儿她又说：

“你们明天先不走，对吧？那个和你一块儿来的男孩想到高墙里边去看看……”

“我想，他大约要试一试的。”佩吉喃喃地说，她突然感到很害怕。

“那么说，你们需要我的帮助。”说罢，珍妮舒了口气，“对你们将要遇到的事，你们心里一点儿数都没有。”

第十一章
疯疯癫癫的瑞典人

佩吉·苏感到非常意外，尽管平原上的气候出奇的怪，她竟没做一个噩梦。那原因无疑是她下意识地认为，塞巴斯蒂安那有力的双臂在这里能够保护她，使在周围窥探着的恶魔不能近身的缘故！

珍妮起来得很早，先是忙着替她父亲洗漱，然后便准备咖啡。最后货车里所有人都起来了，坐在一起吃早餐，有面包和奶酪。佩吉和她的朋友们狼吞虎咽，那情景就好像有七八天没吃饭一样。

“我觉得你们并不信任我。”珍妮菲尔一边用手背擦着嘴一边说，“那你们就错了。如果你们愿意留在这里，我就能告诉你们等待着你们的是什么。你们过来，咱们出去作一次有好处的散步吧。”

说着她扔给佩吉一件有补丁的猎人衫，并把车的后门打开。佩吉就把这件衣服穿上，只觉得又舒服又暖和。蓝狗也在屋里待不住了，因为它早已在里边被关烦了。

大雾滞留在平原上。往远处一看，整个田野像披上一层雾蒙蒙的白雪，空气只要有一点动静，它就仿佛要痉挛一般。珍妮走下木头台阶。佩吉和她的伙伴们相继跟随着珍妮穿过这个废旧汽车处理场。他们害怕离开这一片场地，因为他们在这个地方度过了一夜，感到安全。

他们并排走着，不知不觉就穿过了那道带刺的铁丝网，来到了平原上。大雾吞没了小腿，直到膝盖，浓得叫人看不到地面，只能勉强看清楚蓝狗的两只耳朵。这只小东西直抱怨自己只能盲目地往前走，于是它的女主人便把它抱在怀里。

“我们这样，就好像在牛奶里走路一样！”佩吉·苏心想，因为她低下头试图看看自己的脚，却怎么也看不见，“不管是谁，在这种大雾下藏身，肯定成功。一条蛇……一些爬行动物……都行。一个杀人凶手嘴上叼着利刃在地上匍匐前行……”

她打了个冷战，把这些想法赶出了脑子。这时珍妮向着小人国村庄的方向走去。当三个人走上那个微型市镇的主要街道上时，那些动物都走了出来，巴望着给它们分食物吃。珍妮菲尔来到前一天晚上佩吉他们待过的那个小房子前面蹲下身来。那只身穿暖和黄漆布衣服的猪，也在那里，一边摇晃着手臂。

“你瞧，”她指着它说，“你没发现它有什么变化吗？”

佩吉·苏费了好大劲才没喊出声来。这头猪的猪吻消失了……甚至可以说，它已经变成了一个人的鼻子，而且长得非常端正。这个鼻子可以博得外科医生在美学上的赞扬。因为这种奇迹的发生只消一个晚上就完成了。

佩吉·苏向前靠了靠想仔细观察一下，只见这头猪带着不信任的样子用鼻子嗅了嗅，便向后退去。但她还是看得清清楚楚，这个手术没留下一点儿疤痕，只是在眯缝起眼睛时，能隐约看出一道红印。不管怎么说，猪鼻子已经变成了一个人鼻子，而且鼻孔也很好看。

“这不可能。”佩吉嘀咕着说，“这好像是塑造出来的，而不是手术刀割出来的……我认识许多姑娘，她们为塑造这样一个鼻子可花了大价钱呢！”

“这里一直是这样的。”珍妮说，“不流血，也几乎没有刀口。如果有的话，三个小时以后也就消失了。也不会留下半点疤痕。只需五到六天就完全成功了……但随后就变样了。”

现在她好像要急于离开，只见她站起身来快步走出了这座小村子。

“我带你们去见一位本村的人。”她很肯定地说，“他叫费尔格，是一个疯疯癫癫的瑞典人，他坚决要和一个变形人生活在一起。他在一次做细木工活时失去了左臂，一条锯把他的左臂齐肘锯断。当然，皮包骨医生替他治好了。但是，三个月之后，就开始变形了。不但没有摆脱这件事，费尔格却还顽固地要和驯养的动物住在一起……他被安置在旁边，他名声不太好。”

珍妮走得很快，因此他们没用多长时间便到了那个小镇，那地方显得古板而空旷。屋顶上见不到一个电视天线，墙上也不见一幅招贴广告，住在那里的居民都决心永远和现代社会隔绝。

当他们来到大街上时，只见迎面来了两名妇女和一位老者。他们身穿已经穿旧了的深色衣服，正低着头向前走，看到珍妮，便迟迟疑疑地打了个招呼。珍妮则匆忙而过，也是低着头向前紧走。而佩吉呢，她正在用眼睛看着那几个低头看地面色灰白的人。

“别看他们，”珍妮说，“他们正在怀疑你们是不是来朝圣的，他们不敢和你们讲话，但随后他们就会叫孩子们向你们扔石块，还是快点儿走吧。”

“为什么要这样？”塞巴斯蒂安问。

“因为他们怕你们把皮包骨医生引来。”

走过这个小村庄之后，他们又来到一家农舍，这家农舍周围都用极高的栅栏围住。珍妮走上前去，一边喊费尔格，一边敲门。这位瑞典人出来开门了。这是一个巨人，脸上的眉毛、胡子都白了。他眉毛浓得就像贴上去的兽毛。只见他身穿一件伐木工常穿的红格子衬衣，已经洗得发白了。左臂显得比右臂强壮得多。左手上带着旧皮劳动手套，用绳子在手腕上系住。此人毫不犹豫地把他们让了进去，珍妮把佩吉·苏和塞巴斯蒂安介绍给他，说他们是“对这里发生的奇迹感兴趣的外乡人”。费尔格打开一瓶苹果酒，取出几个杯子。佩吉发现，他做事只用右手，而左臂呢，只垂在那里。

珍妮谈她那些动物，谈那只昨晚鼻子被动手术的那头猪，费尔格听后开心地大笑。

“这鼻子，是怎么回事？”巨人问，“莫非说这个小家伙终究要以像村子里的某一个人而告终吗？”

"是的，"珍妮回答，"这事儿滑稽吧，嗯？"

佩吉在旁边听了个目瞪口呆。对她来说，叫人感到惊心动魄的现象，到了这些人的嘴里，竟成了他们笑谈的资料。

这房子也建得奇形怪状，一半用圆木做建筑材料，一半用的是柴泥。里边散发着一股强烈的炒洋葱的味道。珍妮对费尔格说，她父亲拒绝治疗，也反对去向皮包骨医生咨询。

"这样他可就错了。"费尔格说，"我自己就从未对自己的手术抱怨过。我掉了一条胳膊仅一个月，就受不了了。我不想当个残疾人，不！你看，这就是为什么我要去寻找奇迹的原因。"

说罢，他一口把饮料喝干，随后又倒了一杯。佩吉·苏估计此人差不多有七十岁左右。他干瘪、粗糙，像一棵干枯的树。那样子就像洗手不干的威金人①把自己的长剑和盾牌都放在箱子底，把过去在海上航行的龙头船改造成供奶牛喝水的饮水池。

"有一天晚上，"他向大家说，"这条讨厌的残臂把我折磨得够了，我就来到这大平原上。当我来到那高墙的墙根下时，我把自己的衣服都脱光，就像原来送病人时大家做的那

① 公元八至十一世纪抢劫北欧海岸的北欧海盗。——译注

样，另外也为了使自己看不见发生了什么事，我就用一个装种子的空袋子把头罩起来，样子就像一顶黑色的风帽，这样一来就差不多了。然后我就躺在墙根的土地上，就开始用拳头猛敲垒墙的那些石头，一边大喊：‘喂！担架！担架！’就像在军队里那样。这本来就是一场恶作剧，但却使我越来越有勇气。随后，我就在那儿等着。”

“后来呢？”佩吉·苏问。

“后来什么也没发生，我漂亮的小姑娘。”费尔格说罢耸了耸肩，“接着我就睡着了……真是奇怪，这次入睡可不平常。我在睡梦中好像听到有人在泥地里走路，步子迈得很沉重，那声音从墙上反射回来，接着……接着第二天我就醒了。这时我一看，我已经长了一只新胳膊，粉红色，像小孩的屁股。它就是一晚上长出来的。”

然后他带着发牢骚的口气，又回忆那以后的事：首先，他恢复了从前那样的正常生活；随后，变化就渐渐发生了——胳膊上长出了鳞片，手变成了爪子。

“村子里没有一个人愿意和我握手，他们开始说：‘啊哈，他有个癞蛤蟆的爪子’，我猜想，你们可能想看看，嗯？”

说罢，费尔格便把手套解开，卷起袖子。佩吉·苏他们一看，就吓了一跳，他的上臂，就像鳄鱼的前爪，扭曲得奇形怪状，但却显得非常有力，手臂上长满鳞片，一直到长爪子的地方才没有了。大家一看就很容易想到，那个爪子一定非常强有力，好像只要一伸出就能抓住一头公牛似的。

费尔格看看自己的胳膊，就像观看关在笼子里的一条毒蛇一样，一边赞叹，一边显得害怕。

“这挺漂亮吧，嗯？”他小声说，“就好像一种武器。每次我看它时，就产生一种和我小时候父亲交给我第一挺卡宾枪时一样的感觉。”

他说这话时，既不表现得恐怖，也不表现得羞耻，只是那双蓝眼睛里闪现着奇怪的惊愕。

“这挺漂亮，”他又说了一遍，“这玩意儿，力量大得出奇呢，所以我从来不用它干日常家务事，因为这玩意儿会在你不知不觉中就把器具弄碎。你们知道，这玩意儿不知道痛吗？我可以把它伸到火里面去，用它当拨火棒，来翻动烧火的木柴，一点也不感到痛。攥起拳头来时，我就拿它当锤子使，我用它一下子就能把十公分的钉子砸到木头里，而且把手伸开，就能用手掌劈木材，用不着使斧子。我觉得自己就像年轻时看的电影里面的空手道武术师一样。瞧见了吗？”

佩吉·苏当然瞧见了……不过她感到后背直发冷。

“这不可能，”她心中暗想，“我不能让塞巴斯蒂安冒险去做这种事，这可太危险了。我不想让他变成一个大蜥蜴！”

“这可以肯定，你们要想做一对恋人，这会成问题的！”蓝狗在旁边悄悄地说。

“当我的这只手臂变成这样以后，我首先想到的是坏疽病，应该把它截断。哦！这件事应该快点办，一条圆锯就足够了……但我还是等了等，至于为什么，我也不知道……或者是，因为长了那些鳞片，或者手指甲变成了鹰爪子？可这又使我高兴，嗯，这可笑吗？我觉得这使我充满了力量，这不是病，不是，恰恰相反。比如说，它像一只虎爪一般，充满了野性的蛮力……这不但不使我害怕，反倒使我很兴奋，我急于想看看它的效果。”

他说话的声音很低，好像是怕把他那只套着手套的魔手惊醒了似的。只见他脸上露出了笑容。

他样子十分得意，就像一个人能成功地用手去抚摸一条眼镜蛇而且还活了下来。

“我敢肯定，这不是魔鬼的把戏。”他又说，“可我又无法告诉你们这是怎么回事，我不太聪明，但有一件事是肯定的，即：这不是地狱里的魔鬼干的。”

只见他轻轻地，而且细心地，把他那条畸形胳膊的袖子弄平整了，然后就把那只手伸进手套里。

“我不是在向你们表演，”他解释说，“除非是十分必要，一般的情况下，我不乐意打扰它。再说，一旦它激动起来，变得发热时，它要不停地躁动好几个小时，而且要使我的肩疼痛好长时间。自从长了这条胳膊，我就不再需要请人帮忙了。我只要一只手就能举起重得难以想像的东西，我不用工具就能把树根拔掉。”

佩吉·苏深深地吸了几口气，发现自己出了一身冷汗。

“嘿！”费尔格说，“来，喝口酒，年轻人，它会让你们改变肤色的。”

两个年轻人一口喝了下去。佩吉·苏对这种酒精度很高的饮料不太习惯，觉得头直晕。

由于酒力的作用，她心中暗想，如果这种变形能够扩大，那么它能使身体其他部位也变吗？那么费尔格有一天会全身都变吗？

想到这儿，佩吉吓得不敢再想了。

这时珍妮向这位瑞典人提出告辞。这位巨人便把他们送到门口，并说，他很喜欢这样，可以发誓。并且还说，他也并不希望世人能用一条真人的胳膊来换他这条魔鬼的胳膊。

他是真这样想吗？还是他想这样说服自己呢？佩吉·苏对

此也并不想弄个水落石出。现在，她晓得珍妮菲尔讲的是实话了，而且也晓得了，在黑色城堡发生的这些事，已超出了人们的理解力。

正在大家准备离开这个瑞典人时，珍妮提出向他借一把铁铲。这位伐木工人觉得理所当然地应该满足她的要求。于是大家便在坑坑洼洼的小路上往回去，珍妮扛着铁铲在前边引路。

“刚才的事，挺有意思吧，嗯？”她说，“当这个瑞典人刚一碰上这件事时，这种奇迹还不算太坏，所以这个老疯子还没有完全变成一条大蜥蜴。这真是不幸中的大幸。现在，事情可是越来越糟了。”

“你是想说，微型村里的那些动物都要变成鳄鱼？”塞巴斯蒂安问。

“是的，”珍妮肯定地说，“要变成一些肮脏的小鳄鱼，如果我不设法阻止的话，它们就会咬我的脚趾。”说着她耸了耸肩，然后又接着说道，“我还想叫你们看点儿东西，以便你们更好地想一想。然后，我就算把我的义务都尽完了，何去何从就该你们自己拿主意了。”

不久，佩吉·苏就明白了，她在领他们向墓地的方向走，而且立刻就将有一件叫人吃惊的事在等着他们。

墓地同邻近的土地只隔着一道矮墙，只消一迈腿就很容易地跨过去。那里一排排的坟墓，没有什么修整。一些灰色的长方形的石块在地上扔着，那上面还能看到死者的姓名和死亡的日期，但字迹已经相当模糊了，根本看不到有什么鲜花。

“你们在去高墙那边之前，应该先看看这个。”珍妮嘟囔着说，一边就在一块隆起的土堆前边停了下来，“埋在这里的人就是第一批朝圣者，就是那些在一切都很不错的时候前来寻找奇迹的人。也就是说，治好了病以后没给人留下叫人害怕的变化的时代。”

说罢，她把铁铲插进黏土地里，然后用脚后跟向下踩。佩吉·苏明白了，这个少女是在准备挖掘一口棺材，于是便做了一个阻止的手势，但珍妮并没理会她。

“你们应该看一看！”她坚持说，“这可能会消除你们最后的疑虑。在下面埋着的这个人叫乔纳·杜米。他被一架收割机轧断了右手。在这个地方，这是常见的事故。他就被带到这儿来了。他长出了一只新手，后来死了，死时九十八岁。这是一个老人，老得脸上像个干瘪起皱的苹果，但他那只新手却永远不老化。那样子就像小伙子的手一样，永远鲜活有力。”

佩吉·苏木然不动，心里很不痛快。她对今天这一系列可怕的场面都有自己的想法，她实在不想看珍妮菲尔准备破土开棺的这种做法。

这位小农民挖土的热情很高，一铲一铲的泥土由于雨后的关系变得很重，但她毫不在意。但并未挖多深，很快，铁铲便碰到了棺材。只见她很快地用铁铲一撬，便把棺盖打开，原来上面没有钉钉子。

“你们走近点。”她命令说，一边用铁铲把棺盖翻到一边去。

佩吉·苏和塞巴斯蒂安不情愿地向前走了走。蓝狗也摇着尾巴向前跑去。因为要看这个老人的骨头，所以它就感兴趣了。

棺材已被虫蛀，并且由于潮湿，也已经腐烂。但这么长的时间没有散架已经是个奇迹了。只见下边放着一具骨骼，一具黄色的骨架，其头部的下颌已经与原来的脱离。

“你们看看他的手，”珍妮说，“看到了吗？”

佩吉·苏用牙咬着自己的嘴唇，只见在小臂骨的下头，露着一只保存得完好的手，粉红色，完好无损，并且没有一点腐烂的痕迹。那是一只被疑心为蜡制的手。

“在那个时候，这奇迹还一点毛病也没有。”珍妮解释说，“这就是很好的证据，你们看那个地方！一点鳞片和鹰爪的痕迹都没有，这是一只真正的人手。你们知道它还活着吗？"

"你在戏弄我们，是吧？"塞巴斯蒂安生气地说。

"完全不是，"小农民反驳说，"你们等一下，我给你们看……"

说罢，她就用铲头去拨弄那只粉红色的肉手指，就好像去拨弄一只被关在鼠笼子里的老鼠。就在这时，那只一直一动不动的手却突然抬了一下，并且开始抓棺材底，好像很不高兴在沉睡中被弄醒了一般。由于过分的惊异，佩吉几乎失去平衡，险些跌进坑里。塞巴斯蒂安及时把她扶住。

同一个死去三十年的人的骨头连在一起的手，竟还一直活着，这实在是违反了生物学的规律。现在，这只手已经彻底醒过来了，只见它在跳动，就像一只欢快的小狗在同一捆稻草开玩笑一样。使人觉得不用费多大劲你就会相信，它可能马上就去城里逛大街去，而且它肯定会想出鬼点子去拉猫的尾巴！

"把盖子盖上！"塞巴斯蒂安严厉地命令说，一边向后面退了三四步。

珍妮菲尔耸了耸肩，便把棺盖复了原位，随后便用土把棺材重新埋了起来。

"你们看，"她一边铲土一边说，"我没拿你们开玩笑吧。那个时候，皮包骨医生并不戏弄人，他要是给你点儿什么东西，那是为了维持你的生命，很有医德！”

佩吉把双手插进衣袋里，并深深地吸了几口气，以使自己镇定下来。

“我还可以挖开其他的坟墓，”棕发姑娘声明说，“里面的情形是一样的，你们会看到一些骨架，接着就是保存完好的粉红色的肢体，活生生地依附在它主人的身上。有脚、有腿，都是处于随时都能走动的状态。但它们都准备一有机会就逃跑，就在大平原上奔跑，这样一来，事情就麻烦多了。因为它们在地底下十分烦闷，一有机会就要跑出来，并且干蠢事。有一次，一条腿跑出来了，并且一直跑进城，在大街上踢行人的屁股。”

“你不觉得这十分可怕吗？”佩吉小声说。

“不，”小农民说，“这只能证明，它们被制造出来，并且经过百年之久……甚至还要长，还能活着。这是个好工作。你明白吗？为什么那么多人从世界各地跑来看我们，嗯？哪一位外科医生能够给他们造一只这样的爪子？可这里呢，却是免费。”

她用铁铲把重新填好的乔纳·杜米的坟墓外表拍平。她做

这一切，显得那么坦然，若无其事，一点也不见其尴尬。

“唉！”蓝狗感叹说，“您怎么不带上几块骨头准备路上啃呢？我可是饿了！把这么好的骨头扔在那里不管，真是太浪费了！”

“我们快走吧！”佩吉催促说，她怕珍妮菲尔提议再挖开另一座坟墓。

“你们一定不能忘记有多大的风险，”珍妮菲尔以教育人的口吻说，“这样就可能会使你们打消到高墙根下去冒险的念头。”说着，她把铁铲往肩上一扛，“这种奇迹已经拯救了几百个人的生命，不然他们早就死了。可叹的是，皮包骨医生已不像原先那么精明了，他那些手法已经脱离了轨道，你们不是已经看见了那个瑞典人费尔格的情况了吗？如果这个人，”她说着用手指了指塞巴斯蒂安，“如果这个人执意要去看病，他可能就会遇到极其糟糕的意外事故。”

佩吉站在那里一言不发。那只粉红的手，以及它跳着抓棺材底的场景依然鲜活地出现在她眼前。塞巴斯蒂安也是沉默不语。但他的面部表现却显得十分固执，这绝不是一个好兆头。

这一小群人又沿着回废铁场的路往回走，大家一言不发。但是塞巴斯蒂安却离开大家，自己飞快地向前走去，似乎是他要独自思考什么问题。当他和众人拉开一大段距离时，便伸开左手打量起来。只见他手上的那个在他身上活动的黑色斑点已经移动到手心里。就在这几个小时内，那些字母就已拉长，扭曲，并且又组成了一个新的信息：

不要听任何人乱说。到城堡去，医生在等着你。

佩吉·苏长长地叹了一口气。

“你在想你的小伙伴吗？”珍妮问她，就好像她看到佩吉的心里去一样，“他挺可爱的，但他有个大问题，他有粉身碎骨的倾向，你真的想帮助他吗？”

“当然了。”佩吉低声说。

“那你就告诉他，原来怎么样，现在还怎么样。”珍妮悄悄地说，“要到那个地方去，是有危险的。没有人能预知，治好这种病要多长时间。你能想像出如果他变成一条鳄鱼的话，你是什么模样吗？”

“他特别固执，”佩吉说，“再说，他急于想治好自己的病，为此，什么事情也不会吓退他的。如果他不能重新变成正常人的话，他就要离开我，他这么对我说过。他不希望因此让我和一个怪人生活在一起。”

“这和我没关系。”珍妮菲尔说，“我能做的，只是告诫你。如果你要陪同他的话，你可要小心你自己，你会遇到一些麻烦事的。”

他们入睡了。

当佩吉·苏第二天清晨醒来时，却发现塞巴斯蒂安不见了。她站起来活动了一下腰，便跳下卡车。平原上一片空旷，只有蓝狗在跟着她。

“出什么事了？”它打着哈欠问，还处在半睡眠状态。

“塞巴斯蒂安走了！”年轻的姑娘颤声说，“他趁着夜色掩护，自己单身一人去隐修院了。他不想让我和他一起去。”说着禁不住流下泪来。

“这样可能反而更好。”蓝狗小声说，“这样，他自己处于烦恼当中，人们就有可能设法让他从烦恼中解脱出来。”

“可他把我扔下了！”佩吉悲伤地说，“他把我扔下了……”说着便抽泣起来，用手捂住了面孔。

“这本来早就应该估计到的。”珍妮让佩吉的声音吵醒了，走出来说，“请允许我说一句，你这个小伙伴是第一个把头伸到虎口里去的人。”

“我这就去追他，”佩吉·苏擦了擦眼泪，下决心说，

“我把背包扎上，马上就动身，他要摆脱我，没这么容易。”

“你这样做才是件大蠢事呢！”珍妮菲尔说，“如果你坚持这个蠢念头，那么我可以向你提供一些信息，现在正是时候。”

第十二章
废墟之谜

两个少女肩并肩地在平原上向前走，蓝狗跟在她们后面。

“你应该晓得一件事，”珍妮菲尔以不容商量的口吻说，“皮包骨医生对伤痛着了迷。只要有某人受了伤，他就急匆匆地前往医治，即使那点小伤痛是无所谓的小毛病。只要你身体没病没灾，你就用不着害怕，他也永远不会露面。但只要你有哪怕一小点病痛，他就会找上门来用他的方式来给你看病。你懂吗？只要你流一滴血，擦破一点儿皮，不管在手指头上还是在膝盖上，你都会成为他的医治目标。”

“你觉得这种事会让塞巴斯蒂安遇上？”佩吉问，声音都变了。

“是的，”珍妮菲尔回答，一边低下了头，“因为他所有的器官都要变成灰尘，所以在他身上要做大手术。因此我想，夜间的手术恐怕需在城堡里面做，这样可以从容地对他的躯体进行操作。”

“你觉得他会变成什么？”

“我什么都不晓得，因为这种奇迹已经被搞得变了样。被放在微型村子里的那些动物对皮包骨医生的治疗坚持不了多久，它们就变得奇形怪状了。”

“猪……”佩吉喃喃地说，“披着黄色雨衣的猪……难道那位医生要把它变成人吗？”

“当然了！”珍妮说，“医生总是一开始时给它们一个漂亮小男孩的外表，但外表过不了多久就布满了鳞片，而且长得满口是獠牙，鳄鱼的獠牙。”

她停了一会儿，然后用手抓住佩吉，说道：

“你真想去吗？”

“是的，”佩吉说，“我爱塞巴斯蒂安，你知道吗？他就是因为我，才想重新变成正常人的。我对他没有任何要求，但他却老把这件事放在心上，这使他日夜不安。如果他不能摆脱这种厄运，他就会离开我，他对我说过，而且我知道，他一定会那么做的。总会有那么一天，他会消失的，我找也是徒劳，

永远也不会找到他的。”

珍妮点了点头在思考这件事。佩吉费了好大劲才控制住自己的泪水。

现在，两个姑娘已经走过了坟场，蓝狗跟在她们后面，她们在泥泞的平原上走着，佩吉·苏禁不住仔细地观察着浓雾，那堵讨厌的围墙藏在什么地方？

“在黑色城堡里没有警察吗？”她这样问，“你们和当局没发生过不快的事？”

“没有警察，也没有学校。”珍妮回答，“教堂已经在一百五十年前就关闭了，我们生活在文明世界之外，有我们自己的法律。”

珍妮声音变小了。佩吉·苏注意到她已放慢了脚步。

“你一到那边，”小农民对她说，“就只能靠你自己了，我不能陪你了。”

“你害怕了？”

“当然了！没有人晓得高墙那面藏着什么东西。据说，那边有一个花园，花园中心有一幢建筑物，里边住的就是皮包骨医生。事情只在夜里发生，你还记得吗？想办法找个安全保险

的地方先睡一觉，特别记住，你不能让自己的血流出来，也不能擦破一点儿皮，更不能受伤。”

珍妮菲尔像在思考什么，随后又匆忙地说：

“你好像应该带个诱饵去，以便分散他的注意力。”

“诱饵？”

“对，比如说，可以带着一个装活田鼠的袋子。如果皮包骨医生靠近你时，你只要抓一只田鼠，让它流点血，然后把它放了就行了。这样，它一跑，就会把那人的注意力吸引过去，也就把你的威胁解除了。”

佩吉·苏想到自己一边艰难地走着，一边肩上斜挎着个大包，里面装满了老鼠，不禁皱了皱眉。

“不，”她说，“我就这样去。”

“你错了，”珍妮固执地说，“他们说，那花园里到处都是荆棘，你穿过这些带刺的灌木时，肯定要划破皮肤的。”

“我小心在意就是了，”佩吉·苏也不让步，“而且我在那儿也不会停留多久。”

“随你便好了。”珍妮赌气地嘟囔着，“不管怎么说，如果你遇到危险，你应该叫你的狗帮忙，把它的一只耳朵割破也就行了。那只耳朵流出血来，皮包骨医生就会去追它的，这就给你时间让你逃跑了。”

“真是荒唐！”佩吉大声说，“我绝不干那种事！这只狗是我的朋友，我绝不想让别人欺负它。”

珍妮菲尔耸了耸肩膀，那意思是说，既然佩吉·苏想问题做事情像个孩子那样，那自己可就什么责任也不负了。

突然从周围墙里散发出一片雾气。那墙离她们之近，使佩吉无法相信。是的，它突然就出现在她们眼前，挡住了她们的视线，就像中国神奇的长城一样，用深色大方石砌成。珍妮松开了她的手，向后退了一步，说道：

“我不能再走了，这太危险。”

她显得有些犹豫不决，随后便走上去搂住佩吉·苏的脖子，在她脸上亲了一口，就飞快地跑了。

佩吉·苏一动不动地在那儿站了一会儿，然后鼓起勇气准备应付后面的麻烦。

“我觉得好像我们应该行动了，”蓝狗用心灵感应对她说，“我记得，我们向老虎嘴里探头的事，这并不是第一次，是不是？”

“你察觉到什么了吗？”她问。

它用鼻子嗅了嗅。

“一股强烈的味道弥漫着这个地方。”一分钟以后它说，“在别的地方从未闻到过这种味道，就是同时有活人味和死人味。不管怎么说，这里肯定有一个人，一个正在戒备着的人。这个人，自我们到了这儿，就监视我们，一秒钟也没停止过，就像潜伏在灌木丛中的一只虎……”

佩吉和她的狗距离高墙有一段一百米宽的土地带，这一百米地段，坑坑洼洼，十分难走。佩吉吸了一口气便走了过去，累得她气喘吁吁。正当她在一个乱石坡上向下走时，只听她发出一声惊呼。

在她面前竟是一些被棍棒穿起来的人的肢体。那里有人的手、人的腿和胳膊，甚至还有被割下来的人头！

这一道吓人的屏障横在路上，就像一道路障。

佩吉的心几乎要从喉咙里跳出来了，她使出全力向前走着，双眼盯着这个可怕的场景。

“又是一个原子香肠！”蓝狗抱怨说，“珍妮可没对我们讲过有这种情况……是谁把他们割得这么零碎？但愿这里没有塞巴斯蒂安……”

来到那些人前边时，两个朋友才明白自己错了！这些原来是蜡做的还愿物[1]，这些东西在朝圣地到处都可见到。有用胶泥或石膏做的人手，有用木头刻的人头，都是朝圣的人放在那里的。这些模型放在那里，由于年代久远，已经干裂了，就像一些木乃伊。佩吉放心地舒了一口气，觉得自己太蠢了。

“我们应从这里吸取点教训！”蓝狗说，“我们对这平原上的稀奇古怪的事太过敏感了。如果我们过于担心，那么用不着到达高墙那边，我们就会吓死的。”

---

① 还愿物是用蜡、木头或石膏做成的仿真品，由朝圣的人摆在那里，这些雕刻品代表着患者疾病的部位，病人的亲人希望能早日康复。——原注

第十三章
恐怖的花园

佩吉·苏极力保持镇静，但是随着时间的推移，高墙的阴影对她的压力一秒钟比一秒钟重。她犹犹豫豫地不敢向前走了，并且小心翼翼地停留在围绕着这堵高墙周围的这条黑色地带的边缘。

从前成千上万的朝拜队伍都经过这里，把地面都走成一道沟了。还能很明显地看出当年担架从这里走时留下的痕迹。在这里还能看出按着当时的习俗放置病人的地方，甚至还能看出病人身体压在泥地上留下的印痕。佩吉在一个坑前蹲下身来，她在那里看到了用胶泥塑成的许多物体形状也是粉红色，像苍白的肌肉叫人能够想像到当年的情景。

“好像这些东西是活的……”蓝狗看了一会儿说，“就好像一块小牛肉，我可真想吃一点。”

“别动！”佩吉喊，“这些东西可能有毒。”

说着她就站了起来。难道这些都是有人故意做出来吓唬她，让她再从原路返回吗？还有什么奇怪的外来意志打入她的头脑，用这些幻象来吓唬她呢？

她抬起头来，到目前为止，她还没摸到那堵高墙呢。这是堵高达六米的大墙，没有任何洞口。它是由许多自由爱好者建起，格局完全随心所欲。佩吉·苏不能确定，建造者是故意忘记在墙上开一个门呢，还是有别的用意。于是她便沿着墙走起来，希望能在某处找到一个通道。她走的脚步声，带着点距离时差，由高墙反射回来，这就给她一个幻觉，总觉得后边有人在跟着她，她一停，那脚步声也停，她又开始走时，脚步声也又响了起来。隐形人……

一开始，她想：“这真荒唐，我用不着回头去看。”但随后，心里就越来越不踏实，最后竟使她紧张得喘不过气来。最后她明白了，如果她再不回过头去看一眼，证实一下确实没有人在后面跟着她的话，那她是无法再继续向前走了。于是她便猛然回过头去，希望能发现点儿什么，但却什么也没有。她用眼扫视了一下地上，以便看看有没有跟踪她的人留下的痕迹。

结果她只看见自己走过的脚印，还有她那只狗的。那些脚印清清楚楚地印在黏土地上。

“这并不说明任何问题，”蓝狗小声说，“刚才钉你梢的那东西，不待把脚印印到地上，就会很快换地方的。”

这一看法，使这个姑娘承受不住了。她甚至想举起拳头来向空中打去，以便证实一下，那个看不见的东西并没在她身后。她站了一会儿，然后又小心地向前走去。

“这只不过是个回声罢了！”蓝狗又小声说。

于是两个朋友又开始向前走去。走到高墙拐角处，他们停了一会儿。只见这墙拐了一个九十度角，便向正北方向伸出去，长度至少有二百米，这完全像一个封闭的大坟场，没有任何入口。

“当初造这墙的人，恐怕有意也把自己围在里边！”蓝狗说，“要么，他们不喜欢生活在人群中，要么，就是在里边囚禁了一个重要的危险人物。”

“你说的可能有道理，”佩吉·苏说，“问题是，这里边的狱卒们早就死去了……而被囚禁的人却还活着！”

在有的地方，墙头上长着一些黑色的植物，其枝蔓多节，像常春藤，乱蓬蓬地直垂到地上，就像一个巨人的头发，又好像这个巨人有三百年没洗头似的。那些枝藤也一样，纠缠在一起，就像一条条麻绳，使人想起船上的缆绳。

墙上到处可见或大或小的裂缝，好像这墙就要因滑坡而裂开似的。弥补这些裂缝的，是粉红色的水泥。这些工程是谁干的？是村民吗？是朝圣的人吗？

佩吉仔细观察这些裂缝，由于看得久了，她觉得弥补这裂缝的水泥好像在晨风中发抖，就好像一个一丝不挂的人，让清晨的凉风吹得有些受不住似的。这实在荒谬极了。她又向前迈了一步，伸手去摸了摸那些裂缝，她可真够蠢的！如果说这裂缝里的水泥是软的，那是因为它们还没干的缘故，事情就是这么简单！

姑娘加快了脚步，决心探看个究竟。她又转身来到墙角那里，真的就没有门，也没有栅栏吗？她很想不用翻墙就能察看出墙那边到底隐藏着什么。再说，要翻墙还得找一架梯子。那么塞巴斯蒂安是怎么进去的呢？他会不会利用那些藤萝？很可能。

佩吉·苏又一次返回那个墙的拐角处，又来到她出发的地方。她看了看表，她这么来回走，已经一个多小时了，却一点门路都没找到。

“也许这个城堡安装了一个秘密通道，当有人在里面开动机关，它就可以自己转动？”蓝狗这样猜测。

由于没有人，也没有任何办法参透这其中的技巧，就只好利用那些藤萝来向上爬了。

佩吉鼓足了勇气，左手抱住蓝狗，然后用右手抓住了藤萝。因为她是个体操能手，她没遇上多大困难就爬得很高了。尽管那些藤萝发出了咔咔的声音，但还是抗住了这种拖拉。由于受了惊吓，那些蜘蛛和蜈蚣都纷纷逃走，去找新的隐蔽处。佩吉·苏爬上去以后，一动不动，先看看周围的情况。

只见一团黑色的青藤由于年代久远已爬进花园，并形成了一大团带刺的圆形物，这就很像一团带刺的铁丝团，可人们很可能把它当成普通的草丛看。这一团乱糟糟的网状物，就给探测带来麻烦。如果在那里走一趟，肯定会刺伤皮肤。

“又是一个原子香肠！”蓝狗恼怒地说，“我们应该带副盔甲来……”

一副盔甲，或一只火焰喷射器！佩吉也这么想，因为这种荆棘丛生的地方形成了一座真正的迷宫，那些枝条在地面上竟长得有好几米长。这种身长利刺的荆棘丛好像在守卫着一座堡垒的出入口。

“别忘了珍妮菲尔说的话，”蓝狗嘟囔着说，“我们可不能刺伤了，哪怕稍微那么一点皮肤之伤，皮包骨医生就会嗅得出来血的味道，就会马上……马上给我们治。”

“这我晓得。”佩吉小声说。

只从这废墟上看，看不出什么名堂，一个坍塌下来的石头屋顶，就像个破碎的乌龟壳。一座二十多米高的钟楼俯视着这个圆顶，已经裂开许多缝隙，这大约就是这里的主建筑了。佩吉·苏原以为会在这里发现一座典型的最有传统特色的中世纪城堡，使她吃惊的是，看到的竟是破破烂烂的一个圆形大雪屋[1]。

“这里只不过是一堆破砖烂瓦，”蓝狗评论着，“没有什么看头！这些东西，只要你一碰它，就会塌下来砸着头。”

“这种建筑风格十分怪，”佩吉沉思着说，“这好像不是人类建筑的。”

这两位朋友总不能在墙头上逗留一天，必须想办法下去。佩吉双手抓住藤萝，滑到花园旁边。她双脚一触地，便立刻想，塞巴斯蒂安可能已经在荆棘丛中打开了一条通往里边的通道。只要找到它，沿着它走下去就行了，这样就可以大大减少

---

① 雪屋，爱斯基摩人在冰天雪地里用冰雪建筑的屋子。——译注

被刺伤的可能。

带刺的荆棘就好像织了一张大地毯，铺在地上，上面布满了尖刺。而且这刺又尖又大，以致使得佩吉总是害怕它们会刺穿自己的球鞋底而伤了脚。她小心翼翼地迈着步向前走，当听到地上长出来的这些障碍物被她的脚踩得嘎嘎直响时，便轻松地舒了一口气。

“别松开我！”蓝狗请求说，“我要是在那上面走的话，爪子就要被刺穿了。”

佩吉沿着墙根走，终于发现了塞巴斯蒂安开出的那条通道。就在这个地方，她发现有人用砍柴刀在荆棘中开出一条走廊。在砍断的枝藤上流出一种粉红色的液体正在凝固。年轻姑娘便走上了这条小通道，它直通那片废墟。她小心谨慎地往前走，以免被刺伤。现在她心里想的是珍妮的嘱咐：不要受一点儿伤，不然就……

她感到自己就像那些在海上遇难而死的船员，只要身上有一个小伤口就会成为鲨鱼的一顿美餐。在海里，只要有三滴血……三滴血就足以引来在附近游弋的鲨鱼。

在快到废墟时，她看见了一些雕塑……或者说一堆残缺不全的雕像。她觉得，这些雕塑是别人有意用铁镐砸碎以使人认不出原来面目。如果头被破坏了，人们还可以想像出身材大小，但这里的这些躯体一点也不像人类的身体。

“看！”蓝狗突然叫起来，“那里是些魔鬼！我们肯定是进到一座寺庙里了，这里供奉的都是些魔鬼。”

佩吉·苏来到一尊雕像的底座前，这个底座下面用四只腿架起来，那腿是动物的爪子，而且上面长着鳞片。后腿是爬行动物的腿。这很可能是中世纪的雕塑家们非常喜爱的一种怪兽。这件雕塑是檐槽喷口吗？是那种两边有翅膀，长着一个蜥蜴嘴的那种檐槽喷口吗？

“把它的面部和上半身都搞坏了，真可恶，”蓝狗生气地说，“叫我们永远也弄不清这是个什么样的人了。”

“我倒有一个小主意，”佩吉小声说，“不过你不会感兴趣的。”

他们数了数，一共有十三个底座。十三是个不吉利的数字。

“这是一种崇拜怪物的野蛮宗教信仰。”佩吉·苏又这样想，一边转身离开了这个破碎的雕像。

在做了几次深呼吸以后，她便走进废墟里。

她不敢大声呼喊塞巴斯蒂安的名字，怕惊动了皮包骨医生。但这个青年很可能就在那里。

一开始她就感到十分困惑。她原准备探看一下一个真正的城堡的，但这个建筑物在建筑上和中世纪风格没有半点相似之处。如果把它比做一个人造洞穴倒还差不多。想在这里寻找大彩绘玻璃窗、豪华的装饰、小教堂等等那绝对是白费力气。这简直就是一个一部分倒塌的大石窟，又像一个已经死了三百万年的大乌龟的乌龟壳。这个大乌龟壳又是空的，而且四面都进风，有的地方还留有一些支撑大屋顶的柱子。外面的光线可以通过破损了的拱顶照进来，有几个厅堂可以称得上绝对黑暗。佩吉觉得自己的胃直痉挛。

“这一点儿也不好玩，嗯？”蓝狗轻声说，“这好像是一个大恐龙蛋，里边的小恐龙出去散步去了。”

这里的四面墙上原本有许多装饰画的，但后来却叫人野蛮地刮掉了，只剩下些五颜六色的斑点，有的甚至像溅上的血迹。佩吉·苏慢慢地向前走，把头缩进脖子里。正走着，觉得自己的脚在瓦砾堆里碰到一件东西。

原来是塞巴斯蒂安左脚上穿的鞋！

她顿时心跳剧烈，觉得整个建筑物都向她身上压了下来。她会一下子垮下来吗？这座如大山般的压力会把她压倒吗？

第一个小厅占据了一个半圆形的地面。佩吉穿过去，里面潮湿味极浓。

走到第二个客厅的门口，只见有一件黑东西摆在石板地上，她以为是一堆大毛虫，吓了一大跳，但原来却是一堆浅褐色的丝棉，最后她才确认，那是一个卧具袋，塞巴斯蒂安就被装在里面。只见他仰面躺着，双眼紧闭，睡得正香。他脸上满是汗珠，就像热得不得了一般。佩吉·苏摸了摸他的前额，想把他弄醒，但这个小伙子就是不睁眼。她使劲摇了摇他，却见他只是哼哼。

“至少他还活着，”蓝狗说，“但好像吃了麻醉药了，他身上有一股化学药品味。有些什么东西在刺激我的鼻子，使我老想闭上眼睛睡觉。”

“这可能是麻醉剂。”姑娘警告说。

疑心重重的佩吉·苏找到了睡袋的拉链，把它一拉到底，只见塞巴斯蒂安一丝不挂地躺在里面，身上一条粉红色的伤痕从脖子下面一直伸到肚脐以上，就像把一个豌豆荚扒开从中一分两半一样，好像把他整个身躯也一分为二了。这么大一个切口是用外科缝合线缝好，现在已经开始溶解在肌肉里。佩吉觉得自己的头发都竖起来了。在如此不符合手术卫生条件的地方，而且又没有任何手术设备，如何能进行一次如此大的手术？这简直不可想像！她用颤抖的手又把睡袋拉上。

“这太刺激了。”蓝狗接受了这一现实，“不管怎么说，他还活着，这才是最重要的。我想，皮包骨医生把他的胸、腹打开，一定用真正的五脏六腑代替了原来的沙子，并给他移植了新皮。看样子已经起了作用，你想一想，一个得了感冒的人热度肯定要比他高！”

“可我总是想到那个瑞典人费尔格的胳膊，”佩吉忧愁地说，“如果塞巴斯蒂安的新器官要都变成鳄鱼的肚肠，那该怎么办？”

“我们先等等再说吧，”蓝狗说，“塞巴斯蒂安不能移动的。要想把他送回我们那里，必须等他的伤口愈合之后，并且还得等他醒来再说。”

佩吉靠在一根裂了缝的柱子上，打开了塞巴斯蒂安的背包，只见里面装满了食品。她在一个杏黄色的盒子里找了半天，尽管她心情十分忧闷，但还是感到特别饥饿。

“吃塞巴斯蒂安准备的这些食物，就可以把我自己的省下，”她心中暗想，“这样，我就可以在这地方待得时间更长一些，以防万一有什么需要我的地方。”

她把自己的食物分给蓝狗一份，并且不停地向周围打量着。她吃了一些从塞巴斯蒂安背包里拿出来的水果，并喝了两口水壶里的水。这时，只听见有很小的一点声音从圆屋顶上传下来，那回声，比自己的呼吸声差了半秒。这一情况使她觉得，一定有人在黑暗中喘气，而且这人的肺活量很大。可能是个巨人……

“请不要胡思乱想。”蓝狗已经估计到她有一种模糊的想像，“不然我们就完蛋了。只要塞巴斯蒂安一醒过来，我们就赶紧走人，并且尽快把这个地方忘记。”

但佩吉还是禁不住向柱子后面看。这根石柱子非常高大，从上到下裂了一道大口子，其他一些柱子也都处于这种状况。

她从背包里取出了一个很大的手电筒和一把童子军刀。她打开电筒以后，便开始察看第三个厅堂。她感到自己特别慌乱，说实话，这个地方是她多次历险中最可怕的地方！一种莫名的恐惧占有了她。她也晓得自己身体状况很好。但如果自己突然头痛起来，该怎么办？皮包骨医生会不会从黑暗中走出来，把自己的头盖骨打开，给自己换一副新神经？

她于是返回来，这时那只手电筒好像照着了一个东西。是一只小老鼠。原来是一只仰面躺在尘土中的小老鼠，只见它四只爪子朝天伸着。佩吉一开始认为那是一只死老鼠，接着便发现它的腹部有一片地方被剪光了毛。那是一圈没有毛的光光的皮，而且界限特别分明。她便蹲下身来把这个小动物拿起来。这个小老鼠原来是活的，但已经睡着了，拿在手中还能感到它心跳时震动得胸肋直动。它也是被人动了手术，有一个小刀口，但缝合得特别好。刀口是在肚子上。手术特别精确，好像用显微解剖术做的。惊讶万分的佩吉把它放在一块平滑的石头上，便赶紧走了。一只那么小的幼鼠竟做了阑尾手术！这是她亲眼看见的！

这一次，她以最快的速度走过各个不同的厅堂，目的是赶快能走到有日光的地方。她只在乱草丛生的花园里停留过一次，背靠一个面目全非的雕像的底座，在那里喘气。

“你看见了吗？”蓝狗问她，“在打碎的石雕蜗牛壳上，他放了些手术创口夹子，那些东西小得刚刚能看得见。”

“太不可思议了。”佩吉说，“他每次做手术，都是在深夜里进行的！”

年轻的姑娘现在不想再在花园里研究下去了，她对蓝狗说：

“我认为，我们再研究下去，就会发现他又给蜘蛛做了一个阑尾炎手术，或者是给一只蜗牛做了一个人造心脏手术！”

蓝狗继续观察地面。

“你说得对，”它说，“你看这儿！这是一只金龟子，它的一只爪子上竟打了石膏！我敢肯定，一会儿我们还会发现一些苍蝇耳朵里被装上助听器，或者一些蜘蛛，它们有深度近视，皮包骨医生给它们都配上一副小近视镜了！如果这样的话，那么蜻蜓也会装上隐形眼镜了！”

从那以后，他们就作好了可能遇到任何稀奇古怪事物的准备，哪怕是最离奇的事……

佩吉·苏看了看表，再过三个小时天就要黑了。她应该采取一种什么战术呢？尽快地离开这里，以便明天早晨再来，或者……就一直在这里不走。一直到揭开这个谜，或者给正在工作着的皮包骨医生一个出其不意。

她对在这些古旧石头后面隐藏着的秘密感到害怕，但却决不能放下塞巴斯蒂安就此不管。

她把衣领翻了上来，因为潮气已经向她侵来。

“我们的身体都很好，”她压低声音说，“也没有一点儿伤痛，因此，发生在大墙里面的这件事应该对我们不起作用的。”

“可能。”蓝狗说，“因为那个女术士治好了你的近视，你再也没有什么可害怕的了。当然除了怕皮包骨医生再给你换个蜥蜴眼之外。问题是我，我会心灵感应……他会不会把这也当成一种疾病，来为我的神经动手术？我可不愿意再变成一只平平常常的普通狗，再不能和别人交谈了……那可就太惨了。”

“我应把你放在墙外边，”佩吉说，“这办法应该最妥当。”

“不，”它摇着头说，“我要和你在一起，根本谈不上和你分开，我们从前都是在一起战斗的，可今天却要改变方针，没这个道理。”

佩吉把它拉在怀里，使劲搂着它。

“摸摸我的脑门儿，”蓝狗提出要求，“我喜欢这样。”

正在她抚摸这只四条腿的伙伴时，想起了珍妮让她必须牢记的事项。那个小农民曾对她说，一定要当心这里的荆棘，她记住了她的话。不要在脸上或者手上划出伤口来。于是她便想悄悄地躲在一个大柱子后面，静等着夜幕的降临。因为她有一个好身体，这就使得来到这废墟里的那些东西发现不了她。

一旦下定决心，佩吉便又小心翼翼地回到这座建筑物里来，以便在太阳落山之前把未探看完的地方侦察完毕。按照珍妮的说法，白天是没有任何危险的，因此要很好地利用它！于是她手拿电筒走进黑暗的大屋顶下。有一些厅堂根本就没有窗户，里面就像黑夜一样使人压抑得很。这个建筑物是那么粗糙，以致使佩吉和她的狗觉得就像走进山洞里。

终于，在最后一间厅堂里，手电筒照见了开在地上的一个通道。那是一个黑黑的方洞，有一排用石头堆成的台阶摇摇晃晃的，直通到洞下。姑娘打量了这个黑洞一会儿，便走了下去。她用手电在黑暗中四处照了照，地下室里充满了一股霉味儿，还有一些墓穴。在台阶底下还有一个地下室，人只能在里边弯着腰走路。姑娘向前走了几步，她面前的景况便使她呆在那儿了，只见在长长的洞壁上挖了一些很原始的凹洞，在这些小洞里摆的都是骷髅……但没有一个是完整的，都是些零碎的骨架。

这是印到她头脑中的第一个对比。一些零碎骨架的对比。那骨头很整齐地一个个摆在那里。而肋骨呢，则集中摆在另一个凹洞里，却是乱七八糟地放着。脊椎骨则一排排地摆在第三个墙洞里，一个个像滚珠轴承一样。其他骨头也都一个个地分类摆列……这一切，就像汽车配件商店里摆的各种汽车零件一样，这不像一个墓穴，而是一个仓库。佩吉·苏明白了，这就是一个骨骼库，如果你需要哪个部位的骨头，只要事先告知便可。

“嘿！”她那个四条腿的伙伴说，“真是天才的杰作！这里就是狗的大超市！我都流口水了！”

佩吉·苏大着胆子向这些墙洞走去。这些骨头都已经年代很久了，而且非常久了。她心中暗想，这是不是就是那些建造这座寺院的修道士们的骨骼呢。他们都是老死的，那位神秘的医生没有把他们埋葬，而是把他们的骨头收集起来，摆在这里以备……以备将来手术时应用。但那些颅骨看来不像人类的，它们的形状有点儿特别：脸部的棱角太突出，眼眶又很奇怪地显得太小。而牙齿呢……与其说是人类的牙齿，倒不如说更像鳄鱼的！

“这些都是魔鬼的骨头，”蓝狗小声说，“可怜我不能拿来啃一顿。魔鬼的骨头味道都不好，而且不易消化。”

佩吉·苏咳了几声，因为她自己走动时弄起来一点尘土，她被呛了一下。这个地下室里的空气环境和蘑菇培育室里的一样。

她越往前走，那些粉末状的雾就越浓，要很长时间才能消散。突然，她感到特别害怕，怕的是回来时找不到台阶。她也已经肯定了，这个地下室除了精心排列的这些奇怪的骨头之外，也没有什么值得注意的了。而且，这也不是她要解开这个谜底的关键。于是她便转身跑着往回走，地上激起的尘土沾满了她带汗的皮肤，脸上、身上都是。当她走出地下室时，已经气喘吁吁，就像一个潜水员用光了氧气瓶里的氧气一样。

“你有什么想法？”蓝狗问她，“你认为这是一个魔鬼工厂吗？是一个魔鬼的医院吗？还是个古代恐龙的墓？”

“我不知道，”姑娘坦白地说，“但很明显的是，这些骨头都不是人骨，好像摆在这儿已经有一千年了。”

“如果想搞清事实，”这个四条腿的朋友说，“我们就只有等着看看夜里会出现什么怪事。”

他们又回到第一个厅堂。佩吉蹲在塞巴斯蒂安身旁。这个小伙子始终沉睡不醒，但是伤口缝的线已经完全溶解吸收。在他身上的伤口也已看不见了，可以很明显地看出，这次手术没发生什么严重的意外。毫无疑问，皮包骨医生对病人使用了一种不为人所知的特殊技术，一种既不损害表皮，也不会使被动手术者变得难看的技术。

佩吉·苏决定为今天夜里的事好好准备一下。她靠在一根大柱子上，把一些杏干、巧克力、奶酪和一瓶温水都从塞巴斯蒂安的背包里取出来和蓝狗一起吃了。

这一切共用了一个小时。外面废园的光线已经暗下来了，里边也变得更加黑暗。佩吉·苏靠在一根大柱子上一动不动。她应该锻炼一下自己的镇静功夫，能静到像一尊雕像。她忽然想起一件事，便伸开双手验看了一下，并在黑暗中摸了摸自己的脸，看看自己身上是否有伤痕。

“应该一滴血也不能流。”珍妮曾这么说过。

然后她便把双手插进衣袋里，静静地听着，看有什么动静。她尽量使自己镇定下来，可实际上她却十分害怕。

那只蓝狗也紧闭着嘴，以避免使自己的牙齿弄出声来。

就在夜色越来越浓的时候，佩吉有好几次想站起身来向高墙那边跑过去以逃脱这个地方。

因为她太害怕了，便把手电筒打开照了照身旁的塞巴斯蒂安，只见他在睡袋里睡得正香。手电筒的黄色光线把最普通的物件照得影子都像奇形怪状的魔鬼，看起来叫人害怕。就是一块小小的石头，这时也突然变成一张叫人心惊胆战的面孔向你做着各种吓人的鬼脸。

佩吉便把手电筒关了。

她努力放慢自己的呼吸，以便不要因喘气弄得声音很大。

一个小时过去了，什么也没有发生。随后好像在院子的深处有一个很沉重的声音，好像在高墙上开通了一个秘密通道。

“有人来了……”佩吉·苏心想。

“不错，”蓝狗也这样想，“来了。是从黑暗中走出来的，步子很重，这家伙走路一点儿也不小心。”

脚步越来越近，震得石板直颤。突然，当她正打算向前冲

时，却听见一声哨音，同时一种奇怪的味道也冲向她的鼻孔。接着她整个身体就麻痹了。

她可以肯定，这是麻醉剂！她根本没想到会有这种事！那个黑夜里的手术师再一次为塞巴斯蒂安做手术之前，正在给他重新注射麻醉剂。

年轻姑娘想站起身来向外跑，但觉得双腿十分沉重。她只能顺着柱子倒了下来，在瓦砾地上爬，但就在这个时候，她的头触到了地。她已经睡着了。

第十四章 老鼠的医生

当佩吉恢复知觉时，发现自己躺在石板地上，周围放着几只东倒西歪的背包。她的衣服已被解剖刀割破——她这个结论至少是从她衣服被割破的口子上判断出来的。

她的第一个反应是先用手摸一摸自己的身体，因为她认为自己在昏睡时有人替她做了手术，她为这一想法吓坏了。待到一摸自己还是完好无损时，便长长地松了一口气！皮包骨以职业的良心为她作了听诊，没有发现任何需做手术的征兆。在她旁边，那只狗还在酣睡。佩吉慌忙地把它翻了个身，以检查一下是否给它做了手术。

“啊，不错！”她松了一口气，“它没受一点儿损害。这是我最高兴的事！”

她摩擦着自己的双肩。尽管感到很冷，但却很轻松。麻醉药搞得她的头雾气腾腾，使她的思维也很不清楚。由于她身体非常健康，所以没给她进行任何药物治疗，这就是她为什么今天早晨就醒过来的原因。这和塞巴斯蒂安不同，那位神秘的医生对他实施治疗，直到天已破晓才结束。

姑娘想站起身来，但刚一起身便又跌倒了，因为她的双腿还没有恢复过来。

清晨的阳光透过屋顶的缝隙照了进来，照亮了圆屋顶。这时只见一只小老鼠在石板上正跑着碎步，并跑到这边来咬嚼吃剩的食品，以及和地上的石块混在一起的面包块。佩吉可以肯定，这就是头天晚上她看见睡在石板地上的那只老鼠。因为它的肚皮上还有一道小伤疤。如果那只小老鼠已经恢复了知觉，那也正是皮包骨医生故意那么做的，它同塞巴斯蒂安不同，他始终被放在睡袋里。再说，牲畜总比人恢复知觉要快，这是公认的事。

佩吉又努力了一次，终于站了起来。原先吸进的麻醉剂，到现在还在她嘴里留下一种不舒服的感觉。她在很滑的石板地上向前走了几步。衣服已破得无法缝补了，上面留下了黑色城堡里的那个人留下的使她生气的痕迹。叫他伟大的行医者也好，医务人员也好，叫他皮包骨医生也好，总之是那个人，用雾一般的麻醉剂把她给愚弄了。

佩吉·苏不能冒着感冒的危险就这样待在这儿。她应尽快地找一些衣服穿。因为她如果在这个地方病倒的话，皮包骨医生马上就会跑过来给她治病，那岂不糟糕！

于是她便从塞巴斯蒂安的背包里拿出一件衣服胡乱穿上，差不多合身就行了。随后就抓住蓝狗的右耳朵把它弄醒了。

“嗯？干什么？”它挺不高兴，“好了，是不是把我变成了一根大香肠？哦，不是，我还是四条腿！”

只见它大大地打了个哈欠，便立起前腿坐了起来。

“该死！”它生气了，“这个怪家伙，他把我的领带给割断了，我现在的感觉，就像一丝不挂一般。”

“别抱怨，”佩吉·苏小声说，“抱怨可能会更糟，你瞧瞧这只小老鼠，它个子才那么点儿，可他一点儿也不犹豫地给它动了手术。”

那只小老鼠来来去去地走着，吸引了佩吉。这只小老鼠一点儿也不理会这两个陌生者，在瓦砾当中踉踉跄跄地走着，并贪婪地啃着东西吃。待到小老鼠直起后边两条腿站起来时，便见它的肚皮上也因动手术留下了圆圆的光光的一小块，没有毛。不管怎么说，伤口是看不见了，等到毛长出来以后，就一点儿手术的痕迹也看不见了。

佩吉·苏又想起了强行在那么小的东西身体内部做手术的事。是心脏有病？是肾脏坏死？对这样一种手术，该怎么去想？

“在一只小老鼠身上做心脏移植手术……”她喃喃地说，“你能想像得出来吗？在黑暗的地下室里做心脏移植手术，而且是没有手术器械，也没有尖端设备。”

“不错，”蓝狗表示同意，“在这样一个不可思议的条件下，世界上没有任何一个医生能完成这样一个迷你型手术。”

佩吉走到塞巴斯蒂安旁边蹲下身来。只见他身上原来的手术疤痕已经消失，但又多添了许多新刀口。看样子，就好像这位外科手术医生在黑暗中，很悠闲自如地在对自己的艺术伤口重新进行一次加工，以达到尽善尽美的境界一般。要照这样下去，那岂不会有那么一天，要把我们这个可怜的小伙子割成碎片吗？我们这样怀疑是有道理的。或者……或者，在解决了这个年轻人身体健康问题之后，他会不会试着再完善一下这个青年人的体质呢？他会不会像个雕刻家一样，对他的作品不断地加工修改呢？

这样一个设想，把佩吉吓坏了，她赶紧伸手去摸了摸塞巴

斯蒂安的前额，又搭了搭他的脉搏。他只是有点儿轻微的发烧，一点也不会出危险。

“喂！”蓝狗小声叫着，一边嗅了嗅尚有知觉的年轻人的手，“我不知道这是不是我的幻觉，但我总觉得他现在比从前要结实得多了，不知道是不是这样？我敢用我的左耳朵打赌，我最近一次在阿卡利亚海滩上游泳时见到他时，他身上根本没有这么结实的肌肉。你说奇怪不？就像连环画里超级英雄一样。”

“你说得不错，”佩吉·苏悄悄地说，“我看皮包骨医生正在给他‘催壮’呢……”

年轻的姑娘晓得，对这种变化不应该盲目乐观。皮包骨医生正在全力以赴，但他的这些工作却不能持久。佩吉·苏想到了那个瑞典人费尔格的那只胳膊。新植入塞巴斯蒂安体内的五脏六腑会不会遭到同样的命运？一个正常的青年人肚子里会长着一颗鳄鱼的心脏？这样会不会影响到他日常的行为？

“他会不会就因此而变坏？”她心中暗想，“他会不会像鳄鱼那样把我吃了？”

她马上站立起来，惊恐和焦躁使她出了一身汗，也感觉不出清晨的凉意了。她对自己的无能感到气愤，对自己面对这种神秘现象只能是一名平常的观众感到生气，对自己没有估计到这些现象感到恼火。现在，她能肯定的是，那个神秘的夜间手术者就藏在这座寺院的地下室里，在一个秘密的坑道里。她应该怎么做才能确定他隐藏的确切方位呢？她不带防毒面具，就像每次皮包骨医生出现时那样，她就有可能被麻醉剂迷过去。

她决定先到花园里走一走，以排遣一下存在脑子里的那些有毒的气体。

于是她在蓝狗的陪同下走上一条通到荆棘丛生的小道。这时她却被惊得目瞪口呆了。

只见那些一个个被破坏得面目全非的雕像现在又都站立在原来的底座上。它们头上都戴着死人的头盔。这些人的面目看起来都像严重烧伤者，从头到脚都裹着消毒药布。

一开始，年轻的姑娘和她的那只蓝狗都目瞪口呆，对眼前的现象惊得说不出话。

“这是幻觉！”蓝狗尖声叫着，“要把这些雕刻品用药布裹起来，得用十公里长的药布……这也没有任何意义，它们都不是活人，是一块块被雕刻的石头，再也不会是别的什么！”

“等一等，”佩吉小声说，“我想，我已经搞明白了。皮包骨医生的头脑出现了一种偏执狂的毛病！对死伤者的救治工作，已经成了他摆脱不了的强迫症。”

“你的意思是说，他对待这些被破坏了的雕像，也像对待活着的病人一样？”

“是的，由于他脑子出了毛病，他已不能辨别哪些是活人，哪些是被雕塑出来的人体了。只要他看见一个人像，他头脑中就会产生要把他的伤口治好的念头。这虽然十分荒唐，却也很符合逻辑。”

“这也太不正常了！”蓝狗说，“我倒是有个想法，就是趁着现在还不太晚，他最好能先给自己治一治。”

佩吉轻轻地向那些雕像走去，只见那些裹着纱布的石头人很吓人，这使人想起了那些被包裹妥当，正等待装棺材的情景。

该死！干这种事的人，的的确确是昏了头，一点儿不错！

佩吉举起手来，一股药水味从绷带里散发出来，就好像在一块碎石头上抹上的药膏一样。当她想到应该再给这些雕像擦上点儿红药水时，便禁不出差点笑出声来。她用手指头拉了拉药布，但她的手刚一碰上纱布，便发出了一声惊呼。它们有体温……那个热度像一块受伤的肌肉，特别叫人惊讶的是，它们摸上去是软的，而且还有弹性。

“要么就是我昏了头，”她想，“那只能是些棉花……或者是敷料纱布，因为那底下包的都是石头呀。”

她不再考虑纱布的事了，便弯下腰看看它们的脚部，这一看不要紧，她全身的汗毛都竖了起来，勉强控制住自己没跳起来。

在纱布底下露出来的竟是肌肉。是一块为石块补上缺损的，微温，并能颤动的肌肉。那是用活的填料为石头缺损补伤的，只要雕像身上有伤的地方，就都用这种活肉补上。这种肌肉不但有温度，还有光泽，边上还有些轻微的发炎，好像这些肌肉尽量努力使自己能更加牢固地，更加持久地和石头结合成一体似的。

“这是……这是……幻觉，”蓝狗嘟囔着，“那眼睛还瞪得大大的，就像……就像……”

“就像植上的皮。”佩吉替它补充说。

她知道，刚才自己用手摸的是真正的肌肉。如果她再勇敢点，她会为它们揭开纱布的。她抬起头来仔细观察看那些纱布。难道真的想把这些雕像面部被铁镐砸坏的地方重新修补起来吗？这应该是肯定的，如果那样的话，那么现在被裹在纱布里面的那张面孔该是什么样的呢？是一张人脸，还是……一颗鳄鱼头？

那么，皮包骨医生到底想怎么样呢？也或许他根本就没有具体的打算？他对这种像有疾病的躯体的治疗或许出自本能，根本就没有什么长远打算的。

佩吉·苏的双眼不住地上下左右地打量着这些站在雕像底座上始终一动不动的干尸。

他们不能行走，是吧？

那些被包裹着的干尸，使她很害怕，她怕看到它们会动起来。

这种想法是蠢的，这不言而喻。她强迫自己把思路集中到具体而现实的问题上来。那么这位夜间的手术者是从哪里弄来的这些肌肉，他使用它们就像给一个物件装填料一样？

“皮包骨医生就是用的这些东西，为那些朝圣的残疾人塑造出新的手脚。”她一下子全明白了，“这是当然的事！因为胳膊断了，用法术是不能使它长出来的。但他可以把它们制造出来，就像在蜡像馆里用蜡给蜡人造腿、造手一样！”

“你说得对，”蓝狗表示赞成，“瑞典人费尔格的那只手，就是这样一个假肢……但却是一只活的假肢！别人从未见过。”

“那样是不会持久的。”佩吉·苏说，一面用眼睛看着那些纱布，“塑造起来可以，但明天就掉了……这样也不能拿东西，这不可能！”

“我可不像你那样那么肯定，”蓝狗嘟囔着说，“我们处在一个科学超前的时代。”

两个朋友离开这些被包裹着的雕像，在两边长满荆棘的小路上走了几步。

“这就是为什么那个瑞典人费尔格会有一只新胳膊的原因！”佩吉又说了一遍，“这就是微型村里的那些动物的手、鼻子的来源。在这些废墟里边某些地方，一定有一个零存的肌肉库，可以往任何东西身上移植假肢，活的或者没有生命的物体都行。那是一种极富生命力的神奇的肌肉。”

“对，”蓝狗也同意，“这东西可以修补任何缺陷，也不管是谁。人类的可以，老鼠的也行，雕像也行……万能！是一种了不起的修补剂新产品！”

佩吉觉得自己无法控制事态的发展。还能够用皮包骨医生的这一套手法救治塞巴斯蒂安吗？还能够使他已经混乱的肌体重新恢复正常吗？不，这可能已经太晚了。而且该怎么样向一个真正的医院里的外科医生解释这一切呢？难道能对他们说：“请注意听好，我的那位小伙伴已经移植了不是真正人类的腑脏。这使我很不好意思，你们能不能给他身体内部检查一下，以便使你们放心，一切都运转正常？那我会很开心的，这样可以使他不会再变成鳄鱼了。”

在那间圆亭子中央，那只小老鼠始终在欢跳着，而且食欲特别旺盛。它看起来叫人很喜欢，同看着塞巴斯蒂安的躯体一样那么喜人。因为他身上的肌肉一小时一小时地越长越多，也越结实。

“好像应当别让这些肌肉再长了，”蓝狗发表看法说，“这样已经足够了。我敢肯定，就是这样，他的每一只手都能举起一辆汽车了，就是那个超人站在他身边，也会觉得自己瘦小得可怜了！”

佩吉在厅堂里到处察看着，突然发现在墙壁上粘着一块胶布，正好那地方有一条裂缝。那是一块方形的氧化锌胶布，粉红色的，长宽各三十公分，她一下子便把它取了下来。

那道裂缝已经很仔细地用活肌肉填满，这种东西就是填补园子里那些雕像的肌肉。

“这一下可以解开疑团了，”姑娘悄悄地说，“皮包骨医生不问青红皂白，一律用这种东西填补那些在他看起来像伤口的地方。比如小洞、墙上的裂缝、水泥地上的小沟等等。他对这些东西的处理办法就像他对他周围的人和动物的处理方法一样。”

“他开始时是给人治病，”蓝狗分析说，“随后他的思维就出了毛病。到今天，他已分不出什么东西还是活生生的，什么东西已经死了……我们和他打交道的，是一个疯医生。”

他这种精神失调要闹到什么程度呢？两位朋友对此一无所知。但这位神秘的医生所掌握的医学手段足以把他们消灭掉。佩吉看着那只小老鼠在啃她脚旁的一块小面包片，只见它显得无忧无虑，一心只想着满足自己的胃口。

第十五章

玩偶漫步

当天晚上，佩吉和蓝狗定了一条计策，准备在皮包骨医生夜间出来时，突然出现在他面前。当夜色笼罩了废园时，他们便走出了屋子，埋伏在一根大柱子后面，并希望这样可以避开麻醉剂的气味，这种气味一般都是在这位夜间外科手术医生到达之前的一分钟出现。

但是，这一企图落空了。当他们刚刚躲到大柱子后面时，就觉得自己的眼皮已经合上了。原来医生没费任何力气便发现了这两位不速之客隐藏的位置，于是便立刻把麻醉气向花园里喷了过来。佩吉·苏在一发现这气体时，便双手捂住了鼻子，努力坚持着，她心里很清楚，如果这时她跌倒在荆棘丛中，失去知觉的话，她就很可能受伤。

她便紧紧抓住大柱子的底座，以免使自己跌倒在地。她觉得自己双脚踩在带刺的荆棘上咔咔直响。如果这个时候她跌倒的话，那么她的双手和双膝都得受伤，而鲜血就会从伤口中流出来……她利用自己还清醒的几秒钟，一只手把蓝狗抱了起来，走出三米远，来到一块平滑石面上，随后便躺在上面了。这时她的四肢已不听使唤，双眼只能看见模模糊糊的东西在晃动。

这和头一天晚上一样，在手术医生的脚步声振动着石板地面时，她就睡过去了。就在她失去知觉的那个时刻，她觉得自己看见一个巨大的身影正在废墟中向前走着。那个人头戴铁盔，身穿甲胄，就像中世纪的骑士一样。

第二天，待她醒来时，发现自己躺在那块石头上，样子就像阿兹特克人[1]的祭品。这时她发现自己的衣服又让解剖刀割破，自己的身体又被检查了一遍，甚至连她的鞋子也从中间被割开长长的一道口子。就在用刀子做这些事时，她的皮肤竟一点也没有损伤。可见其手法之灵活。她气得大骂这种不要脸的

---

① 阿兹特克人，是墨西哥的印第安人。——译注

做法，因为这样检查肯定会使她赤身露体的，而且这样一来，她也不能再穿那双鞋经过满是荆棘的废园了。于是她只好自己动手修理，把被剪开的重新对上，然后用从衬衣上撕下来的布条，把它们捆在脚上。这种做法，就像把被劈成两半的核桃壳重新对起来用线缠上一样，但这样却可以很有效地防止小路两旁长的那些长刺的划伤。那只蓝狗在她的怀里迷迷糊糊舒舒服服地待着，这时她便起身向圆屋走去，那双脚被捆在“核桃壳”里，这种奇特的东西，现在已是她很实用的鞋了。

“我在昏睡过去之前，好像看见过什么东西，”她暗暗地思考，“好像是一个披甲骑士……这个人就和我在去伊桑格兰双塔堡的火车上做的噩梦里面的那个人一样。”

她在清晨的冷风中瑟瑟发抖，担心着了凉。她只觉得脑袋发沉，便向城堡里面走去，企图能在里面找着点可以挡寒的东西。当她走到一株枯树下时，她惊得呆住了。只见那棵树的树身已经裂开，昨天晚上还是干木棍一样的树枝，现在竟然长出叶子来。但那叶子并不是新长出来的，呈粉红色，长得很厚实。这种颜色同那位神秘的手术医生平常给病人做手术时病人身上肌肉的颜色一样。

佩吉双手紧紧抱住蓝狗，围着这棵树转了一圈。这是一棵树干中空的大橡树，五十年前就已干枯了。那位神秘的夜间手

术师对这种景象大为不满，于是便给这棵树嫁接了新的叶子。这种叶子和肌肉的温度一样，柔软，红润，像小孩的手，特别娇美。

在城堡里边，另一件惊奇的事在等着她。这一次，这位神秘的医生，把目标放在支撑圆屋顶的大柱子上。这些大廊柱，长长的裂缝从上到下都是。他把那些树枝裹在裂缝上，就像普通的骨科医生，为了加固断骨所做的手术一样。即把明亮的钢条固定在一块金属上，这个做法，佩吉·苏懂得。在裂缝中，塞进一些人造肌肉，把缺口抹平，然后再整体加固。

“好主意！”佩吉心想，“但为什么看不见夹板和支架呢？”

为什么这位皮包骨医生，不把这些大柱子当成一个骨折的滑雪运动员断了肋骨时那种治疗方法？

佩吉·苏被眼前这种不可思议的技术所造成的这种不可思议的景象，和这位神秘医生所表现出来的毫不起眼的愚笨动作给弄迷糊了。他的这种举动是逻辑混乱呢，还是由于自己的错觉造成的？或者是在他这些表面上脱离人们正常思维的活动后面还有个秘密计划，而对此，佩吉尚未发现它的内容和目的？

带着满腹狐疑，她胡乱凑合着把从塞巴斯蒂安背包里拿出来的衣服穿在身上。可惜呀，背包里的存货已经光了，下一次她再换衣服，可能就只能用外边那些肉色的树叶串起来当个缠腰布了！

与此同时，蓝狗也醒了，她便开始准备早餐。

在瓦砾场的地上，那只老鼠已开始发生变化了。只见它身上的毛已经脱落，被一些细小的鳞片取而代之。它的姿态也不再是一只四条腿爬的动物，而是以后两条腿为支撑，可以站起来，行走的样子就像只在沙漠上的大蜥蜴。这样，它就同小巧的啮齿动物没有多少共同点了。两天以前它还不是这个样子。是不是被皮包骨移植过去的那些器官使它发生了这样的变化呢？那么在塞巴斯蒂安身上也要发生同样的变化了。在当时，这实在是个惟一要弄明白的问题。把他能够变成沙土的毛病治好了，这也就很不错了，但这一治疗的结果却将要使他变成一个怪物。

佩吉觉得自己的面孔都要让泪水溶化了。她开始支持不住了。另外，她想亲眼看一看那个夜间工作的外科医生是怎么工作的企图也遭到了失败。还有，她越是等待，使自己成为那位医生手术对象的危险就越大。而且自己躺在石块上，身体受伤这种情况也是迟早会发生的。比如突然从屋顶上掉下来一块石头，把她的头砸破了，这不就正好使她成为一个理想的外科病人了吗……

此外，她绝不乐意过那种脑袋里装着鳄鱼神经的日子！

佩吉不再待在原地了，她开始在废墟和废园之间来回地走着。每当她走到那些被药布裹着的雕像面前时，她都要做个怪脸。

在绷带下面的那些肌肉会越长越多吗？会使这些面目全非的雕像一点点地长出肉来吗？这倒有可能，因为在这种肌肉中有一种生命力，它可以克服任何最严重的伤痛。佩吉一边微笑，一边想着那些被公众吹得神乎其神的万能胶水。据说，不管是什么东西，只要把这种东西的碎块收集起来，这种胶水就能把它们粘在一起整旧如新。皮包骨医生用的这种粉红色的肌肉就很像现代说的那种黏合剂。这种东西可以修复一切，比如房屋、动物、人、树、肌肉、木柴、石头等！这是一种万能胶水，它可以把不管什么东西都能粘合起来。

姑娘便又向这些包着纱布的雕像走近了几步，尽管她感到很厌恶，但还是强迫自己伸手摸了摸，结果她的食指在纱布下面触到的，是一层柔软而温和的肌肉。肌肉继续长出来，已经给这些石像穿上了一套肉装！

眼前发生了什么事？这种荒诞不经的肌肉，它能够坏死吗？但愿如此！

佩吉匆忙地走开。她一天三次来探望塞巴斯蒂安，看他是否一切平安。这个年轻人仅从身体外表上，人的肉眼看不出有什么变化。他现在的样子就像个年轻蛮人武士。他所缺乏的就是一顶头盔和一把利剑！那只小老鼠呢，比手术前动作要快多了。

“这个小动物叫我担心，”蓝狗悄悄地说，“样子好像个微型恐龙，你看它在这儿仰着头，要向我们发起攻击呢……”

佩吉正要回答，这时外边有一些响声，吸引了她的注意力。

“啊！”她低声说，“我可不喜欢这样，我想，我们要准备应付某种可怕的事情了。”

她说得不错。只见那些干尸正在雕像台座上，在绷带里抽搐着乱动呢。从头到脚都已长出来的那些肌肉，正在臂肘、膝盖处搞得原来的石雕咔咔作响，并发出一阵阵痉挛，意思是要挣脱绷带，想活动。

佩吉·苏和蓝狗瞪着眼睛看着它们这么乱动。那样子就像被绑上双脚，在地上跳怪异舞的舞蹈演员一样。

由于这些雕像手脚不住地乱动，那些包着它们的绷带终于被挣开了。待到原本被纱布包着的面孔露出来时，那样子就可怕了，只见那些雕像的头部清一色的没有区别，因为他们面部是光光的，没有眼睛，没有嘴，也没有耳朵，因为那些粉红色的肌肉覆盖了它们的头部，就像在外面套上个橡胶薄膜一样。这样子，就像一件肉做的外衣把那些石刻的雕像罩了起来，但这件肉质的外衣却有着令人难以置信的力量。它能够强行使这些大理石服从它的意志。这样一来，这些雕像就变成了大的活玩偶，这些玩偶不能看、不能说、也不能听。

“这是那些人造肌肉强迫它们乱动的，”蓝狗说，“这种肉可以指挥那些雕像！”

“你说得对，”佩吉·苏小声说，“这些雕像在底座上已经急不可待了，它们急于下来，想下来走走！”

这些雕像被一种潜能所支配，无法一动不动地定在那里，于是便继续躁动，而且力量越来越大。

佩吉开始时想，这些肌肉薄膜在这些石刻的挣扎下会破裂的，但事实却并非如此。这些粉红色的肌肉能抗得住，而且还能控制这些石刻。如果把这种肌肉加以分析的话，你就会对这种东西的生存能力感到吃惊。它们能够顽强地活着，而这种原始的生存能力丝毫也不会削弱它的活力。

这时，又听到一种声音，原来是一个石雕的底座垮了。第一个雕像已迈步走下底座。它一得到解放，便在地上沉重地跳了起来，双臂向两侧平伸，一边保持平衡，一边辨别方向。

佩吉吓得直往后退，她特别害怕这些强有力的手会抓到她的脸。

这具活了的雕像样子并不凶恶，其实，它更像一个做得不太好的大玩偶。它的双手没有手指，就像一副橡胶做的无指手套。这是具未完成的生命，十分笨拙，在废园里迈着蹒跚的步子。过不了多久，你就可能对它感到可怜了。

“哦！”蓝狗小声说，“我可不喜欢这个，绝对不喜欢！”

“我和你有同样感觉，”佩吉小声嘟囔着，“我想，我们会有得看呢。”

一刻钟的工夫，就又有十尊雕像脱离底座走下地来。这样就形成了一个盲人的队伍，它们摸摸索索地，毫无目的地到处乱走，而且互相之间还乱碰乱撞，就像一群喝醉酒的人。有时它们跌坐在地上，接着又顽强地挣扎着站起来。

佩吉和蓝狗小心翼翼地想躲藏起来。他们绝对不想把自己混在这些四不像的石雕中间，它们每个身体的重量最少有四百公斤！十分紧张的佩吉和蓝狗最终还是躲在那片废墟的边上，看着这些雕像们活动。其中有几个走到荆棘丛中，并在其中乱扯乱拉，肌肉竟被尖刺刺破了。

“你看见了吗？”佩吉对蓝狗说，“那些肌肉不流血，它们身上的这一身肉好像没有血管。”

“一点儿不错！”蓝狗表示同意，“我想，这是一种由遗传基地进行过处理的组织，而这个遗传基地的口号就是：继续生存。”

有两个雕像仍然站在底座上不动，它们在摇动时也比其他雕像轻，它们身上的肌肉在膝盖以下都破了。很有可能医生要在晚间来给它们医治。与此同时，这些乱糟糟的雕像都挤到废园的门口。出口随时都有可能让这些一律面无五官的巨人给堵住，而且它们之间的每一次互相冲撞都能引起连锁反应。

慢慢地，这些雕像的步伐有些一致了，但仍然每迈出一步都震得石板直颤。最后，它们终于明白了，那些带刺的植物代表着一种危险，而且在主要的通路上已连成一片。

佩吉·苏担心的是，它们会忽然想起来要向废墟那边去。因为她心中在想着塞巴斯蒂安，他还没恢复知觉，此刻正躺在石板地上。如果这些巨人走进那个厅堂，那么对塞巴斯蒂安来说，会出现什么情况？

“它们会把他踩在脚下走过去，”蓝狗通过心灵感应这样说，“你看见它们的脚了吗？”

惊慌万分的佩吉走过去一把抓住装着塞巴斯蒂安的睡袋，在石板上拉起来，想把他拉得离开通道。然后她想找一种武器——木棍或者铁条——她凭借这种武器，一旦那些大理石的玩偶们有意靠近时，她就可以把它们赶回去。

有那么一段时间，这些雕像在院子里绕圈子走，好像在探看这个花园一样，沿墙根摸索着走。但这种情形是不会长时间继续下去的！果然，佩吉所害怕的事情出现了，不久就见它们一个个地走进了那个厅堂，它们的脚步声就在那里面震动起来。

待到它们接近了塞巴斯蒂安时，姑娘便举起木棍向它们打去。于是这些石人便互相厮打起来，从墙根打到雕像底座，那声音就像千军万马在攻城一样。

“他们要踩着塞巴斯蒂安了！”佩吉大声喊着就向睡袋跑去，睡袋里，那个青年正睡得很沉，“快帮我把它拉开！”

蓝狗跑过去一口就咬住了睡袋的尼龙绳，狗嘴巴的劲是很大的，只见它没费多大劲便把那个一动不动的躯体拉到旁边去。

雕像们的脚有十几次从青年脸旁走过去。那脚步走在地上，就像用大锤子砸石板地一样。如果其中有哪一只脚，碰到这个青年的头上，那他的脑壳立刻便会像鸡蛋壳一样破裂。

佩吉使出全身力气用木棒打它们，并把它们向外边推去。与此同时，蓝狗用牙齿拖着睡袋忽左忽右地跑，以便随时躲避它们。

嘭！嘭！嘭！这些活雕像脚步落得特重。嘭！嘭！嘭！……佩吉害怕的是，这种震荡最终会使得已经破损不堪的石柱的底座发生振动，从而导致屋顶坍塌。

她原想把这些石人赶出去，或者把它们逼得远一点，逼到不会给人造成危险的地方。

她原先希望那些像梦游者的石头人一旦走进最后一个厅堂时，它们会在通向地下室的台阶前摔跟斗的，而且也就很难再站起来了。

佩吉被那些石像外面的肌肉的抵抗力搞得惊疑万分。她想，如果一点生命的火花可以激活人造肌肤，难道它不能适合于任何一个生物结构体吗？

“当然可以！”蓝狗回答说，“既然它能使石头人走路，那就可以使一辆机车运行！”

“当然，我真蠢！”佩吉·苏心想，“那应该是使任何东西都能动起来的。它所需要的只不过是个框架而已。”

“不错！”蓝狗表示同意，“它需要一副骨架，皮肉要生长，就必须依附在一个好的寄托物上才行。”

当这些石头人离开这个厅堂时，佩吉·苏便赶紧去察看塞巴斯蒂安。幸好，这一阵闹腾并没有把他的伤口震裂。但他仍然在睡，在沉睡。

“我们好不容易才把他保护住，”蓝狗松了一口气说，“我原先想，那些石像肯定会在他身上走过去，并会把他踩成肉饼的。”

这群肉色的石人继续向里面深处走去。幸好它们都在通向地下室的台阶前跌倒，而且再也站不起来了。

“好路障！”佩吉一面抚摸着塞巴斯蒂安发热的额头一面想。这时她觉得他比平时更叫人疼爱。在无法控制的冲动下，她便伏下身来在他滚烫的嘴上亲了一下。

她觉得他在微微抖动。

“我多么希望你根本就不到这个地方来呀！”她想，“希望变得正常的想法，对我根本不适用，因为我对你是沙子做的根本就不在乎……”

“跟我到花园里来，”蓝狗突然说，“我想让你看件事。”

佩吉有些依恋地离开塞巴斯蒂安，跟着蓝狗出去了。

外面，变化仍在继续着。皮包骨医生接在枯树枝上的那些肉色的树叶，已经变得像千百只小手一样，好像正准备鼓掌一般。而在那些几百年的干枯老树干上，也包了一层柔软而温暖的皮肤。

“甚至这些树也开始变化了。”蓝狗说。

“这是符合逻辑的，”佩吉·苏说，“一旦这些人造皮肤把树干同骨架的形体弄混了，那它就立刻很快地给这些枯干披上皮肤。它只不过干自己能干的那件事而已，就是这样。”

年轻的姑娘做了个鬼脸。一旦这些大树也长出皮肤来，它们也会像雕像那样做吗，即把自己的根从地下拔出来，然后也摸索着在院子里漫步？

这时她一下子明白了为什么那些隐修院的修道士们在地下室里把他们死去的同伴们的骨殖分散开摆放。

“这是因为他们不想让人造皮肤都附在他们同伴的骨架上。”她这样想，“这些皮肤急于附在他们的骨架上，然后再强行使他们站立起来。此外，他们也只有一个愿望，就是安静地长眠。”

“我们该离开了，”蓝狗说，“我们要战胜生活在大墙里的这些怪物，能力还达不到。”

佩吉倒退着向外走，双眼盯着这座疯狂的花园，正在这时，一只手搭在她的肩膀上，吓得她大叫一声。只一秒钟的时间，她便明白了，这是个雕像在抓她。

“珍妮！是你呀！”待她转身一看时便这样说。

这人正是那个小农民。她用一条绳子和一只铁钩翻墙而入了。

“我让你一个人独自过来，觉得对不住你，”棕发姑娘说着便扑到佩吉的怀里，“发生了什么事？你害怕吗？”

佩吉·苏紧紧地抱住她。这个姑娘的到来，对她的好处太大了。她用不连贯的句子把最近这两天的事讲了一遍。

“目前，必须把你的伙伴放在一个安全的地方，从那里出来。”珍妮决定说，“我们好好准备一下再回来，走吧。”

两个姑娘又回到那里，两人共同抓住装塞巴斯蒂安的睡袋，就像抬着一副担架，然后便轻轻地把他放在一大堆瓦砾的顶上，在这里就不用再害怕被雕像踩着了。

“最好的办法，是把他运出去，这样一劳永逸。”珍妮建议。

“不，还太早，”佩吉反对说，“如果他还没有恢复知觉，这就意味着皮包骨医生对他的治疗还没结束，如果过早地把他带走，那就是说，势必让他带着残缺不全的器官活着……我们不能冒这个险。一定要等做完最后的手术再说。”

珍妮却不高兴地撅着嘴。佩吉猜想，她可能会这样想：这又有什么关系？反正不管怎么说，你那位小朋友终究要变成鳄鱼的。

她还没来得及解释，那位小农民就硬拉着她的手向围墙走去。

佩吉就任凭她拉着走。实际上，她自己也想趁着这些树还没开始在地上走路之前赶紧离开这座地狱为好。她晓得，不然的话，自己的脸无论如何也受不了那些已变成无数个爪子的树枝来抓的。

“我要留下来，”蓝狗对她喊，“你别担心，我在这儿看着塞巴斯蒂安。如果有危险，我用心灵感应通知你。你去找吃的和喝的吧，我又渴又饿，都受不了啦。”

两个姑娘便用珍妮带来的绳子和钩子，匆忙地翻过高墙，很顺利地来到墙外边那片灰色平原上。

佩吉发觉自己已经无法控制自己的嘴了，所有的话语就像一股挡不住的泉水涌出口来。

“神经太紧张了。”她想。

“你知道，”她向珍妮菲尔解释说，“就好像那位医生讨厌死亡一样……就好像他立志要让所有无生命的东西都变活一样。这种想法已经在他头脑中生了根。”

珍妮一边听一边点头。

待她们到达废旧汽车场时，小农民便把绳索从佩吉身上解下来。为了让她暖和一下，就为她摩擦全身，然后让她喝了一大碗热咖啡，好像对刚才了解的这些一点也不介意似的。

“你听我说，”她一边把一大块抹着果酱的面包递给佩吉一边说，“可能有一个办法能够避免让麻醉剂熏倒。不知你愿不愿意，嗯？那就能十分清醒地观察皮包骨医生在干什么。”

“当然愿意！”佩吉·苏肯定地说，“我必须了解在那边都发生些什么事。”

“我父亲曾在一家化学公司工作过，”珍妮菲尔接着说，“他曾经向那些要砍伐的树木上喷洒化学药水，那时别人就让他戴上防毒面具，以免受化学药品的影响，这些面具他现在还保存着。在一个工具箱里放着，不是三个就是四个，你觉得戴这个能行吗？”

“可以试一试。”佩吉回答，“不管怎么说，为了不至于吸第一口麻醉剂后就睡过去，这是惟一的办法了。”

“但为什么你非要坚决知道这一切不可呢？”珍妮问，“在你那位小朋友做完最后一次手术后，你只要好好照顾他不就很好吗？根本用不着关心高墙里边发生什么事嘛。”

“不，”佩吉喃喃地说，“不能只满足这些。我想，那边正有些什么不寻常的事在发生……一种越来越糟的事情要发生。你明白我说的意思吗？一开始，皮包骨医生只管医治活物——人和动物——现在他的目标又转向石头和树木，我觉得一场大混乱正在酝酿之中，那将是一件可怕的事，必须及早加以制止。”

珍妮认真地听着，显得十分注意。

“你说得可能是对的。”她表示同意，“那我们去看看那些防毒面具吧。”

第十六章
黑色城堡的遇难者

两个姑娘选了两副防毒面具——这两副的样子比其他几副要好看一些。但无论如何佩吉也没有办法确定这两副防毒面具的过滤系统是否还有效。

“用用看吧，”她无可奈何地叹了一口气说，“最糟的情况也就是我们的鼻子受些刺激。”

她说这些话时，语调尽量放得缓和，因为随着太阳渐渐地落到地平线，珍妮的眼睛里也越来越显得害怕了。一想到马上要再回到高墙里边去，这个小农民心里就怕得要死。但她还是使出全身力气努力使自己表现得勇敢些，其目的只有一个，就是尽量帮助她刚刚认识的这个城里姑娘。

“你原先说得对。”佩吉为了安慰她，便这样说，“如果你不受一点儿伤，那位皮包骨医生就奈何不得你。你只要有一个哪怕很小的伤口，他就能给你植上一块人造皮肤。”

带着一个斜挎在肩上的背包，里面装满了食品，两个姑娘便在太阳落山前的余晖中，骑上两辆旧自行车，向大平原上奔去。

黑色城堡的轮廓，在西边暗红的天色中显现出来，就像中国皮影戏中的景象。佩吉正在骑车奔走，突然看见一个建筑物，就像前一天在废墟上，那里有个小恐龙的那个地方。这使她吓了一大跳。只见那里出现了一座圆顶教堂，并有一座钟楼挡住了它。从远处看，在落日余晖中，就像个地球早期生存着的大蜥蜴的后背和脖子。这样一个庞大的东西突然出现在地平线上，有点叫人惊心动魄。

佩吉低下头，低声骂了自己一句。

难道说，在重新返回那个关着猛兽的牢笼里去的时候，你光是害怕就解决问题吗?

她感觉到了，珍妮忧虑的目光已注意到她这些动作，于是便竭力保持镇静。表现得就像连环画里的超级女英雄那样，做什么事都胸有成竹的样子。实际上，她心里正因恐惧而七上八下。

走到微型村时，她们拐了一个弯，因为佩吉坚持要到那里去带走一个动物标本，她说，这个小动物身上有她的侦探战术。她对珍妮说，光有防毒面具是不够的，因为那个神秘的医生每次在半路上碰到你时，有一种给你强行检查身体的习惯，因此你必须准备一种诱饵来分散他的注意力。这个诱饵，用那头猪正合适。

珍妮尽管不太情愿，但还是听从了，并动手捉住被关在禁闭地点的一头猪。她选择的这头猪是一头小猪，身穿黄漆布衣服。因为它特别老实，而且好像还很乐于跟着她似的。把这头小猪捆起来放在车后架上，她们又继续上路了。

她们终于来到围墙根下。珍妮刚一下自行车，就忙着要戴防毒面具。佩吉制止了她，因为医生每次到这片废墟来，总是在天黑以后，因此可以利用这一段时间来作准备。

她们抓住墙上的藤萝，向上攀登，一会儿便爬了上去。

墙里面是另一番疯狂景象。那些百年老树外面都长了一层粉红色的肌肉，并且树根也已自己拔出地面。它们一棵棵都效仿那些石像，用树枝变成的千百只爪子摸索着，什么也看不见地在院子里绕圈子走路。那些外面长了肉的千百枝小树枝，就像长长的手指，只是没长指甲。每个手指都在动，摸索着周围的物体，而且出奇的灵活。

佩吉听到了珍妮惊讶的低呼声，她为自己把她带到这样一种疯狂的地方感到有点不安。

“它们不会把我们怎么样的，”佩吉安慰她说，“它们既没有眼，也没有嘴。应该说，它们不是真正的活物……这只不过是些不能自控的、能活动的物件，它们也不明白自己在做什么。”

她拉住珍妮的手，并紧紧地握住。这位棕发姑娘点了点头，并且想笑一笑，但她的嘴唇直发抖。

她们先把那头小猪用绳子顺下去，然后自己也滑了下来。来到花园后，天才真正黑了下来，这时佩吉才戴上自己的防毒面具，并从背包里拿出一个手电筒，这样的手电筒珍妮准备了五个，然后她又最后看了看废墟的形状和周围的地形。现在，她正站在教堂的墙根下，她原来那种“史前时代”的想法没有了。这个隐修院与其说像个恐龙时期的遗迹，倒不如说像个蟒蛇一样的萨克斯管。

“我们现在干什么？”珍妮问。

她的声音很沉闷，是从防毒面具的橡胶鼻子里发出来的。佩吉清了清鼻孔，正在十分小心地吸着通过过滤器进来的空气，她口腔里混合着一种橡胶和防腐剂的味道。这有点使人恶心。她走上去拉住珍妮的手，一边避开那些盲树左拐右弯的走路线路，一边向教堂走去。不管怎么说，她们不得不承认，看着这些像活人般的丑八怪盲目地围着高墙转弯，摸索着要找个根本就不存在的门出去的景象，那种怜悯之心远比害怕强烈得多。

两位姑娘终于进入教堂，并打开手电筒。只见蓝狗正守在塞巴斯蒂安身旁，坐在一块石头上，叫着向她们打个招呼。从清晨到现在什么变化也没有，有两个石像正在跌跌撞撞地走着，直碰那些柱子。它们的肌肉已经布满了撞伤，但还是不停地走。佩吉·苏心中暗想，这些包在它们外边的肌肉难道不会累吗？

她决定不再等了，先安排叫皮包骨上当的圈套。她拿出一条事先准备好的绳子把那头小猪拴在柱子座上。

“呸！忘了。”她嘟囔着说，“还必须叫它出血。”

“如果就是这样的话，”珍妮说，“那就太好办了。”说着从衣袋里拿一把小刀，不容分说就在猪的右耳朵上割了一刀。

这个半人半猪的鲜血便在它可怜的耳朵上流了下来，直流到脸上，并且开始尖叫起来。

珍妮立即便把小刀合上。她不愧是个农家小姑娘，她做这件事不慌不忙，面不改色。佩吉·苏埋怨她应该想个不这么残忍的办法，但好在皮包骨医生不会用多大工夫就会把这条伤口治愈的。

“我们就在这儿等着？”珍妮问。

“不，”佩吉通过防毒面具闷声闷气地说，“我们要到地下室去，因为我们那位神秘的手术者就藏在下面。”

“噢……在下边？”珍妮有点儿兴奋地说，因为这样，她就可以到这个地狱的腹地去看一看了。

佩吉主动在前面向废墟的深处走去，一面把手电筒打开。只见经过一天不停的走路已疲惫不堪的石像，还在蹒跚地走着。大部分石像都双手下垂，已经变得弯腰驼背了。每次，当她手电筒的光照在它们那张既没有眼睛也没有嘴的脸上时，她都全身颤抖。

两个姑娘小心翼翼地走下通到地下室的台阶。佩吉躲在一根柱子后面，并熄了手电。但很快，这种黑暗就使她无法承受了。

她对事情到底会发展成什么样子，一点儿主意也没有。一旦那位夜间动手术的医生从他躲藏的地方出来，他会不会摘下她们的防毒面具，给她们查体呢？如果出现这种情况，她们马上就会受到那种可怕的麻醉剂的侵害。那么，她们惟一的希望，就寄托在那头躲在石块上、耳朵被割伤的猪身上了。佩吉希望这头流血的猪能够引起皮包骨医生的注意，从而可以使她们变得安全些。这实在是一个很不精密的策划，但她白白绞尽脑汁也没想出其他办法来。

必须等待。在上边，只听那头小猪在尖叫着，通过屋顶的反射，显得声音特别响。佩吉变得有点神经质了。巨大的地下室似乎是在向她不时地打开照明的手电筒挑战。为了忘记自己的双腿在哆嗦，她们便靠着柱子蹲了下来，并且不时用手电筒向黑暗中照射以察看动静。但由于光线太弱，无法照亮地下室的深处。而眼前这一片漆黑，就像一个可怕的深渊，包围着她们。

只有两尊石像可以来到这个地方。它们在黑夜里出来，拖着两只疲惫的脚，好像它们疲劳的肌肉，就喜欢呼吸这里这种凝固的空气似的。

被自己想找点事做做的想法所支配，佩吉便把手电向墙上照去。墙上那一块块垒得很糟糕的石头唤起了她的伤感。她很专注地看着那些石头，不久便产生了一种幻觉，觉得每个石块缝中抹的那些暗玫瑰红色的水泥浆正在颤抖。

正在颤抖？

佩吉使劲眨了眨眼，觉得这是不可能的。那真的是水泥吗？她不再看了，于是便站起身来，伸着手又仔细观察那堵墙。

只听她轻轻地惊呼了一声。如果那石块是真的，那么那接缝的水泥就怎么看怎么像活的。她确实没弄错，每个方石接缝的地方是用活的肌肉连接起来的，那水泥砂浆是用人造肌肉代替的。也就是说，把那些石块镶嵌在一种有弹性的肌肉薄膜上。这就是为什么这墙看着从来都不那么直的原因！一开始，她认为这不过是自己一个模糊的幻觉而已，实际上根本不是。那些墙老使人觉得在动，是因为由于肌肉神经不断收缩而引起的，那是真的在动。它抖动是想克服逐渐僵硬的躯体。

佩吉向后退了几步。尽管地下室的气温十分凉爽，但她脸上竟然热汗直流。

这太玄了！这位夜间手术医生竟然重建了这些墙，把原来的水泥砂浆用人造肌肉来代替。他对待这些废墟的手法，竟然同他过去对待“受伤者”的手法一样。难道他也会用同样手法来对待这座古老的围墙吗？

这位姑娘还来不及细想眼前这些景象，就又出现了新情况。就在这时，只见左边那堵墙在她眼前晃动起来。原来这堵墙在内部一种强大的压力下，竟然膨胀起来。在墙的那一边好像有什么东西，正使出全力向这堵墙推来。佩吉的心里，恐惧愈来愈大，心跳也愈来愈快，她差一点儿吓得扭头就跑。

同样是这种恐惧，使她迈不出步子，双脚好像粘在地上一样，一点儿也不能动，珍妮已看出她的恐惧心情，便抓住了她的手。两个姑娘靠得紧紧的，观察那面墙的动静。

隔绝在墙那面的东西想要出来，它正在急不可待地使劲推。终于，那墙被推裂一个缺口，一件十分奇怪的东西从这个缺口里出来了。那东西样子黑黑的，结构很复杂，既像个大螳螂，又像个工作机。很长——有两米半长——而且有许多腿，暂时弯弯地缩在肚子上。这样子就像一个仰面躺着的大蜈蚣，而且还能清楚地看到它那些手臂上内部的循环系统，以及血管、肌肉等等。它的那些肢体的末端就是手，就是外科手术器械，或者是佩吉不晓得用途的一些器械。这件东西的头几乎全是由各种物品组成，其中有许多闪闪发光的小镜子。佩吉估计，那可能是些高倍显微镜，甚至还包括 X 光透视仪。下面的腿供这个机器人行走，但却明显地看出，外面包着一层铁锈。在这个昏暗的地下室里，就好像从阴间里突然出现了这么一座大钢架。

“这是什么东西？”珍妮抓着佩吉的手问。

“机器人。”佩吉很快地回答，“一个年久失修的机器人。”

她这时大大地松了一口气，因为在她面前出现的并不是一个怪物，她甚至对目前这种景象感到好玩，甚至想笑出声来。

“一个机器人。”她又说了一遍。这时一声尖啸向她发出警告，这表明这间地下室已充满了由机器人放出来的麻醉气。

防毒面具能有效地过滤掉这些毒气吗？佩吉·苏紧紧屏住呼吸大约有十秒钟的时间，随后她便决定，还是吸入这经过防毒面具过滤的气体吧。除了刚刚觉得有点头痛外，倒也没觉出有什么不适。

这时，这架机器人咔咔响着在这两位姑娘面前停了下来，并把准备割破她们衣服的刀具也打开。这时就听得一片嗡嗡的声音和轻微的咔咔声响了起来，这标志着有某些地方是短路。

“它发觉了那猪身上流的血。”佩吉·苏暗想，“它也已经知道，在上边有一个伤员在等它，它要优先为这个伤员治疗。”

正是这样。这个机器人在两位姑娘面前转过身去，向台阶方向走去。它的铁脚走在台阶上，每一步都发出震动。佩吉·苏和珍妮菲尔两人一动不动，直到它消失在最上层的入口处。

“这不是活人！”小农民惊讶地说，“这是一种……一种机器！”

佩吉·苏突然想起来，珍妮菲尔并不懂得机器人是什么东西。她自幼生长的那个环境，一直对现代社会持蔑视态度。既没有电视，也没有报纸，更不用说在电视上看电视连续剧了。“机器人”这个词对她来说，没有任何意义。

佩吉对她很失望。珍妮应该接受某种魔法训练，或者从事某种职业。但她一开始就拒绝接受这些，现在竟面对着一架生了锈的、一走路就咔咔作响的机器人一筹莫展。

佩吉没有时间来填补她在教育方面的空缺，一定要利用这个机器人不在这儿的机会确定它的来龙去脉。此时，害怕让巨大的冲动代替了，一种设想也已在她的头脑中形成。她决定隐藏在墙壁的缺口处。这就是机器人原先为什么让我们看不见的原因：当它工作完毕时，它就返回它的藏身之所，然后再把那个墙上的缺口“缝合”，而人造肌肉的神奇性能又保证了墙上的“伤口”能很快愈合。因此，在天亮的时候，机器人留下的工作痕迹就一点儿也没有了。

佩吉用手电筒照着在黑暗中四处观望。墙后边堆着一堆变了形的废铁，还有一堆废机器，机身也已变了形。这里完全像一座废旧铁器厂。

“这原来是一个工厂，”她心里想，“是一个从天上落下来的工厂，在掉下来的时候，把机器都撞坏了。”

从其损害程度看，要想通过想像恢复这个堕落的太空船的原貌是不可能的了。因为这是一只太空船，已无半点怀疑了！这是一个从前人们说的“飞碟”。

“这一堆堆乱七八糟的是什么东西？”珍妮已问了好几次了，“就像二百年以前用铁做的生了锈的意大利面条。”

佩吉·苏设法给她解释，但这个珍妮菲尔始终是一窍不通，并无论如何也接受不了会有什么飞行物从另一个星球上飞来的说法。佩吉便到这一堆废钢铁里去看看，只见还有某些通道可以利用，这些通道就像潜水艇里的通道一样。有几个已被氧化的标牌上面还有字迹，是些难解的文字符号，使人想到埃及金字塔里的文字符号。

佩吉·苏小心翼翼地向前走着，生怕地下忽然裂个大缝把自己吞进去。

当她低头向脚下看时，手电筒的光穿过一道大缝隙，只见十米深处摆着许许多多的尸体，足足有几百具。其骨架互相交错着排开，位置十分隐蔽，外人几乎无法触及。这些骨骼从外观上看是外星上的类似爬行动物种类。这些尸体已经干枯，外罩一种高低不平的奇怪的甲胄。一些武器杂乱地放在周围，有一段剑身的残片或者投枪的残片，是用金属打造，发着蓝莹莹的光。

“这是一艘战舰飞船，”佩吉低声自言自语，一边把身子探向坑口，“里边的战士已经集中完毕，正准备出发作战，结果飞船在地球上空飞行时出了故障……也可能是撞上了流星，就撞坏了。”

“你是说，修道院里的修道士……”珍妮喘着气说，“是从另一个星球上来的？”

“是的，”佩吉·苏回答，“正是这个原因，他们才把自己的面孔藏在风帽里。他们在火箭发射站的废墟上建了这座黑色城堡。然后，他们就很小心地把自己关在里面，目的是让地球人永远发现不了自己的真正身份，因此他们不得不装得像鳄鱼一样。”

佩吉原想擦干顺着脸向下淌的汗水，但防毒面具的橡胶面罩妨碍了她。

原来如此，这黑色城堡里神秘的修道士们，正是殉难的外星人。他们想悄悄地生存下去，与外世隔绝，以逃避世俗的纷扰。这就是建这堵高大围墙的真正原因。他们确实在这里生存了很久，由太空船上的机器人医生治病。那次碰撞惟一没有撞成碎片的就是这个机器人。后来，他们觉得自己活在世上的时日不长了，便把他们在这里生活遗留的痕迹全部消除，并把那些雕像全部毁容，刮破了壁画。但他们却忘记了一件东西：机器人医生。这架机器非常执著，在它的主人们死去以后，它照样继续工作，顽强地适应着地球上这种同原来它的生存条件截然不同的环境。

“皮包骨医生，”佩吉·苏解释说，“就是一个机器人，是为在紧急情况下的军事医疗而设计的，是为在战场上应急而使用的。你懂吗？为此，还给它编了程序……要让它给伤员治好病，它的生理结构和各部器官都和我们正常人的有极大区别。它就在这种条件极差的状况下工作。他也想使自己适应这一情况，而且在一段时间内也成功了，那就是治疗效果十分理想的那个时期，但随后就失调了，因为它也和人一样变老了。它开始把一切都弄混了，甚至把墙缝的水泥砂浆也当成伤口来治。接着它又开始给动物治疗了，因为它已无法区分地球上有生命的人和动物以及植物之间的区别。它为什么会这样呢？就是因为设计它时，没给它输入这种功能！”

说到这儿，佩吉停住了，喘了一口气。她感到有点儿头晕，还有点不舒服。她认为这可能是因为防毒面具过滤器不太好的缘故。由于有点害怕，她才闭上口不讲了。她站在那儿把头俯向太空船那个破损的船舱，准备探查一下这个深洞。

一个千年的停尸场就在她的脚下。一个谁都不能迈近一步的停尸场，一个一堆重重叠叠的尸体在互相争夺地盘的战场。那一堆骨架、头骨，叫人一看就能想起毒蛇的头骨，却是长着胳膊和双腿的毒蛇。它们身上的盔甲是用一种淡蓝色的怪金属制成。从这一堆尸体看，它们的身体显然比地球人的要高大，也沉重，样子像个鳄鱼。她又一次发觉，这些蜥蜴类的东西“身穿战服”，外表像中世纪的人。这一切都证明着它们是在进行着一次赋有战争使命的远征。不期而遇的碰撞把它们搞乱了，并且撞在了太空船金属壁上，弄得骨断筋折。它们一共有多少？由于电筒的光太弱，无法查点清楚。在这座古尸场上，闻不到半点令人不舒服的味道。

珍妮用手抓住佩吉·苏的肩膀，并使劲摇晃她。她好像对这些令人惊奇的发现没有什么感应，一心只想着尽快离开这个地下室。佩吉很遗憾地打断了沉思。因为她原想让这个曾经穿越过太空的这架了不起的大机器的每一个细节都印在自己的记忆中的，她读过许多科幻小说，这就是使得她能对各方面的问题，包括她做的梦，都能进行分析和推理的原因！

她于是站起身来。这个通道的地面太倾斜，两个姑娘只能用手互相搀扶着拐弯抹角地向下走。她们觉得时间太快了，以致不能仔细地观察一下这个被撞得变了形的铁器。这到底是个飞碟、太空船呢？还是……火箭？总之，不管是什么，它已经斜斜地插入这个平原的地下，就像一只巨大的箭头一样。当时的震动应当是惊心动魄的，而竟然还能有十几个乘客（后来的修道士）没有死，这实在是个奇迹。

手电筒的光已经发白了，应该换一个了。珍妮表示不耐烦了，她总觉得这里隐藏着魔鬼。至于什么外星人之类的事，她根本就不感兴趣。

两个姑娘最后又探看一下那个机器人医生的情况。只见墙上装着一个半圆形的有格的器皿架，在这个架子上摆满了各式各样的手术器械。一个半透明的大容器，占据了房间的中央部分，里面装了有几百公升粉红色的液体，只见液体表面在微微抖动，就像池水被风一吹，水面便打皱那样。

“这就是肌肉！”佩吉小声说，“就是人造皮肤……原来它是从这儿来的。在做手术之前，那个机器人就是从这儿带足了肌肉的。等把它移植好了，它再从容地生长、发育。”

她睁大了双眼，然后又擦了擦防毒面具上的玻璃，以便更清楚地观察这个惊人的粉红色液体，就用这种东西，空间上的人类就能修补自己的伤口。这完全是一种有机体的水泥，能够有效地愈合各种伤口，也是一种活的糨糊体，像黏土一样。它可以塑造成各种器官，其用途比地球上任何一种赋形剂何止要多出千百倍！它可以做人工的腿和胳膊、肚肠、心肺等，而且这种人造肌肉一旦植在你身上，它也不会有发生什么疾病之类的担心。这就是那位机器人医生的救治范围：救治垂死的伤员、接换肢体……同时还能以最快的速度为他们做手术，这样也可以使他们马上重返战场。

在那个大容器下端有一个滴水龙头。里面滴下来的液体慢慢积多，最后便把它们倒进一片不成形的肌肉里使它产生生命力。这样，它就成为一个年幼的生命体。佩吉·苏低下头用手指摸了摸这种东西。只觉得它温热、柔滑，像幼儿的皮肤一样，真叫人惊奇。

“快来！”珍妮说，“我们走吧。”

于是两个人便向出口走去，一边很困难地在斜坡上前进。

走完了这条路后，她们又来到那堵大墙前，并且走出刚才那个机器人撞开的缺口。

“那么，现在呢？”珍妮问，“现在我们干什么？”

“我们回去弄一辆卡车来，把塞巴斯蒂安拉走。然后，必须把那个机器人医生弄失灵……这样才可以阻止它强行为别人治病。”

她们离开地下室来到最上面。这时，那两个病员——塞巴斯蒂安和那只被割破耳朵的猪——已经被机器人医生“处理”过了。蓝狗由于受了麻醉气的影响已经睡着，但机器人没动它。

佩吉·苏低头观察这两个“伤员”。塞巴斯蒂安身上的疤痕不见了，就像被美容师费了很大力气一个一个地修复了一样。猪耳朵上的伤口也已愈合。两个小时以后，它就会完好如初了。

佩吉又把手电筒在墙上四处照了照。这一次她看见那些石块互相间的接缝处，完全用塑化肌肉给补上了。现在她完全可以肯定，机器人对他们没有歹意，但她仍然没有消除那种危险就在眼前的感觉……这是一种时隐时现的直觉，就像一个蜡烛的火苗，用它微弱的光线向她发出信号，而她却不懂。但威胁还是存在的，而且随处都是，并且非常可怕。珍妮这时躁动不安了，向她不断做手势，叫她快点。她最后向塞巴斯蒂安看了看，用胳臂抱起蓝狗，心事重重地转身走了。什么时候这些植到他身上的皮肉才能够开始失去人类的外表呢？或者用一句直截了当的话说，就是：塞巴斯蒂安什么时候会变成一个魔鬼样的怪人？

事情会以这种方式而告终，是这样吗？这就是说，机器人手术师白费力气了。最终还是原来那样：新植上去的肌肉不能被人体所接受，过一段时间又恢复了最初的面貌，也就是说，又变成一群爬行动物。

“我把他从里边弄出来，然后交给格拉妮·卡蒂。”佩吉在心里决定说，“不管怎么说，她首先是一个魔法师，为了阻止变化，她会想出一些办法的。”

佩吉·苏赶紧追上了珍妮，因为珍妮已经在废墟出口处急得直跺脚。来到废园后，只见那些树还在可怜地走着，而且也还是用那无数树枝变成的爪子摸索着围墙向前走。

“你看！”珍妮说，“你的……那种机器，它已经出来了，正在平原上走路呢。”

她指的是那堵围墙，机器人为了跑出来曾撞了一个缺口的那道围墙。只见在接缝处有一个大的出口，这个缺口也许天一亮就能合起来。那时候，那些手术器材也已被放回原位了。

“这正是因为皮包骨医生要趁着夜里走出城堡的缘故。”佩吉·苏心想，“这样看，这座高墙是用不着另外开门的，因为它自己就能够自动打开放它出入。”

两个姑娘就从这个缺口出去了，但到了墙外一看，她们放在那里的自行车不见了。

佩吉惊得口张开就闭不上了。这时，珍妮用手一指她的前方，结结巴巴地说："在那边！它们在那边！"

只见她们那两辆自行车正自己在平原上跑呢，那轮子自己在转，像有活人骑在上面一样，而且还左拐右转，就像两个小动物在游戏。

佩吉摘下面具，以便使自己别搞错了，她一点也没搞错，这是真的！自行车外面已经罩上了一层粉红色的肌肉，从自行车把到前后挡泥板，外面都长着肌肉。这两辆活车子就在平原上毫无目的地转来转去。

"在皮包骨医生看来，这两辆自行车未免太旧了，外面锈太多，"佩吉叹了口气说，"于是他就想，它们得的应该是皮肤病，因此，就作为礼物给它们植上一张皮。"

第十七章
怪兽的秘密

两个姑娘没有追上她们的自行车。因为这两辆车子在平原上任意驰骋，远远把她们俩抛在后边。

自行车的两只脚踏板在人造肌肉的驱使下自己在转。当有一辆碰上障碍翻倒了时，它就会像全身痉挛一样，突然向空中一跳，然后翻个身，在落下来时，就很平衡地双轮着地了。

这种杂技手法使珍妮愤怒异常。于是两个姑娘一句话也没说，便转身返回废旧汽车场。

那天晚上，她们睡得特别不好。特别是佩吉·苏，她十分想念塞巴斯蒂安。第二天清晨，她们都显得昏昏沉沉，头脑中充满了头一天在秘密地下室里那些非同一般的场景。蓝狗醒了以后，脾气也特别不好。

“我觉得我的舌头就像让皮革给裹起来一样。”它嘟囔着，“我大约睡了有两个世纪，没有吗？”

“很抱歉，”佩吉叹了口气说，“这是麻醉剂的反应，因为没有为你那副嘴脸准备的防毒面具。”

“你们还想怎么干？”珍妮一边准备咖啡一边问。

“不再等了，把塞巴斯蒂安从那边弄回来。”佩吉·苏说，“现在我知道，可以用截断机把墙给切开，这样就可以很容易地把他从里边弄出来，就像抬一袋子核桃一样。你能给我搞一辆车吗？”

“可以，我有一辆小卡车，就在后边。现在已经抛锚了，不过用一天的时间我就能修好。我想，把这个小伙子拉到你们家，这是一件好事，拉到你家里吗？你知道这对他来说，是怎么回事吗？”

“是变形？”

“是的，这是不可避免的事，他将像那个瑞典人费尔格一样变成一个怪物。你到时会觉得他是你的一个耻辱，你也不敢让他在人前露面了。最好的办法还是把他丢在这儿，放在黑色城堡，他可以和微型村的那些动物生活在一起。至少，在他开始变形之前，大家是不会杀死他的。”

说罢，珍妮走到佩吉·苏面前，并握住她两只手。

“相信我，”珍妮又强调说，“这对他来说比较好，这是他命中注定的。那架机器……就是你说的那个机器人，给他动的手术太多了。他保持人形不会太久了。如果你把他带到城市里去，人家就会把他关进动物园，要么警察就会让他秘密消失。”

佩吉顶住了。

“我不会丢下他的。”她斩钉截铁地回答，“根本谈不上那样做！我们一起碰到难办的问题，这也不是第一次了，我们会找出办法来解决的！”

珍妮被说服了。

“随你便吧，”她叹了口气说，“我马上去修车，咱们一块儿去看看。”

这一天应该说是在很沉重的氛围中度过的。佩吉猜想，珍妮是在埋怨她破坏了她认为墙那边藏着鬼的想法。因为这个小农民对她们发现的那些可怕的场景根本就没有任何感应。一只飞碟对她来说，只不过是一架出了毛病的大机器而已。只有那些不可思议的神奇事物才能引起她的重视。

在珍妮修理这辆汽车时——这个活，仅凭佩吉·苏那点儿极有限的机械知识是干不了的——佩吉·苏在一堆旧零件中发现了一副双筒望远镜，并且爬上了一堆废铁顶上。她站在高处，用望远镜透过平原上的薄雾，观察着那边那堵高墙。

对当前这种事态的发展，她心中有点儿不甚满意。

“我仅凭自己的直觉，总觉得忘了点儿什么重要的事似的，”她对蓝狗说，“总觉得有件事，就在我鼻子下边儿，可就是记不起来。”

“到底是什么？”蓝狗也挺烦。

“我不知道，好像有什么东西老叫我不踏实。我只觉得，这些事情之间有联系，可我就是不清楚它们总体之间有什么逻辑性。比如，这种疯狂的情结冲动，这几天来发现的人造肌肉，又比如说，总是忘不了那个机器人固执地要给墙治病等等。”

“你认为这一切都有某种意义吗？”蓝狗惊讶地说，“我看那个机器人已经失去了神经系统，所以它就什么都干。没有必要绞尽脑汁在他的行动中找出什么必然的逻辑来。”

佩吉不同意这个意见。许多画面都出现在她头脑中：被粉红色肌肉包裹着的石头雕像……那些隐修院的廊柱被当成受伤的人腿来治。那么这个机器手术医生要把它这种做法扩大到什么范围呢?

姑娘确信，这个机器人的行为不是无原因的，而是有一个秘密目的。“它对自己干的那些事，心里很清楚！”她一边这样想，一边调整着手中的望远镜。

大平原上，那两辆自行车仍然自己在无目的地奔驰。可却总是围着那堵高墙转，就好像它们不敢离开这座圣殿而往远处跑似的。就在佩吉·苏用望远镜打量着隐修院的屋顶及其周围的一切时，突然一个奇怪的印象出现在头脑中，一种可怕的想法在她的头脑中露了头，而这个念头又很强烈地冲击着她。

不……不会！这太离奇了！……然而……

她把望远镜镜头放在眼睛上，又继续观察着那片废墟。那边有隐修院，有钟楼……但在隐修院顶上和钟楼顶上，也依然有其他东西，有一种粉红色的东西，那些东西似乎满眼皆是，正在有规律地动着。这是粉红色的什么东西呢?

肌肉，肯定是肌肉！

那些慢慢增长着的肌肉，正在一点点地覆盖着已裂了缝的屋顶。佩吉觉得自己的背从上一直麻到腰。

不……这太不可思议了。她任凭自己的想像拉着走！但无论如何她无法否认，那些肌肉正在隐修院屋顶上逐步扩大，在钟楼上也是这样……这一切都在扩大，扩大。那些灰色的方石正在这人造材料的覆盖下慢慢消失，这些覆盖物乃是由来自外星的科学技术的促使而成为活物。那个大圆屋顶像个脊梁，尖塔像个长长的脖子。

佩吉·苏把望远镜放下，对刚才观察到的这一切惊诧万分。由于神经过分紧张，使她险些从废铁上摔下来。珍妮正趴在车上修车，发现她这种情况，放下手里的工作，赶紧向她跑了过来。佩吉把望远镜递给她，让她往城堡那边看看。佩吉可能太害怕了，所以脸色苍白，因此尽管珍妮很忙，还是照她的话做了。

“是呀，怎么了？”她有点惊奇，“那肌肉还在长，怎么了？”

佩吉不敢把自己的想法讲出来，说出来她岂不要嘲笑她吗？

这时蓝狗尖声叫了起来，这是警报。它的直觉告诉它，它的女主人发现了一个重要的迹象。

“你没看见吗？”佩吉惊讶地说，“那不是明摆着的吗？”

“什么事？”珍妮有点不满意。

“大圆屋顶，钟楼……”佩吉·苏小声说，就好像都能听得见那边的声音似的。“那两个东西，你不觉得它们分别像个脊梁和长脖子吗？透过雾气一看，那样子就像个怪兽，不是吗？就是只大恐龙，是古代一种叫梁龙的东西……”

“叫梁什么？”珍妮莫名其妙。

佩吉从她手里拿过望远镜再看，越看那座城堡，她就越觉得自己的看法正确。

“那个机器人，”她自言自语地说，“由它首先把它觉得出了毛病的‘伤员’都给予治疗。这你已经看到了，对吧？我想它现在可能正像给一个病人治病一样，开始给这座城堡治病了。它先从简单的伤口，即裂缝着手，然后再实施移植术，它已经把水泥构造都换成了肌肉了……现在它正在给圆屋顶覆盖上一层肉皮，并且要把它弄成活物。你还不懂吗？就是说，它要让它们变成一只兽类。一只巨大的兽类。人工皮肤马上就要固定在这座建筑物上，就像它给石像和自行车做的那样。”

“不！”珍妮很恐怖地上下打量着佩吉说，“这不可能，你讲得太荒唐了！”

“完全不荒唐，”佩吉·苏说，“这很合乎逻辑，在一个时期以来，我也多少凭直觉料到了一些，但我不愿把这种看法说出来。你现在看看！一切都摆在那儿了！隐修院、城堡，那里恰好形成了一个典型的恐龙骨架。那个机器人什么都计算好

了。它要重新利用这个水泥工程的整体结构。大圆顶可以做脊背、肚子和脖子。然后，那些树木可以当爪子……至于那堵大围墙。机器人要把它改造成尾巴……那是一条奇长无比的尾巴，只要它轻轻地一摆，就可横扫一切！”

珍妮目瞪口呆！脸都吓青了。蓝狗仰起头，张开口，好像要跑出去咬这个怪兽一样。因为过不了多久，它就可能会走路了，那村里不就遭殃了吗？

“应该把这件事通告给村里的老人。”珍妮说，“如果你说得对，那我们大家不都要让它给踩死吗？”

“是的，是大家！而不仅只是城堡里的人，”佩吉回答，“同样，周边的城市也会遭劫！因为这个怪兽将是个盲兽，就像那些石头雕像和自行车一样……它是盲目地到处走的，自己也不晓得要到哪里去。”

她说不下去了。因为她的声音变得刺耳的难听。脸上的汗水也把头发都粘住了。

“珍妮，”她又很费劲地说，“应该在这个东西没成形之前把它摧毁。一旦它苏醒过来，那就为时太晚了。因为只要它一摆那大尾巴，那么它所经过的路两旁所有直立的东西都要被扫光。”

“可是，那又不是真野兽……”小农民不同意这个意见。

“不错……只是石头骨架外面有一层皮肉。但是，这种东西有一种奇特的功能，就是它不用五脏六腑就能活下来。这是一种肌肉纤维，具有一种神奇的力量。是一种超越我们很多的科学技术制造出来的。”

“你说得对，”蓝狗附和着说，“自从我一接近那堵高墙时，我就嗅出来了。”

佩吉歇了歇，喘了口气，然后又说道：

“珍妮，我晓得我说得对。但要做成这样一个野兽，要把地上的废墟都用上。因为这是一种在人类出现以前就存在的巨大野兽。”

但珍妮不愿意放弃自己的意见，即，如果没有村子里老人们的意见，就什么都不能做。她非常固执。只要不同意她的意见，她就不修车了。

于是两位姑娘和蓝狗便回到村里，挨家挨户地走访，向他们报告这件事情。但每家几乎都是半开着门，以那副满是皱纹的面孔，不相信地看着她们。珍妮开始埋怨并嘀咕开了。而且有的几乎把门啪地关上，给她们吃闭门羹。

用了两个小时的时间，才在村政府会议室里集合了十二三名老人。这些八十多岁的老人大部分都没把头上的黑帽子摘下来，而且来时都匆匆忙忙地穿上上个世纪的怪里怪气的服装。

他们坐在那里一声不响。他们那些因风湿性关节炎而变形的大手放在木头会议桌上。佩吉·苏向他们简短地介绍了已经发生和将要发生的事情。他们没提一个问题，一点也不表示吃惊，更看不出有一点儿担心的样子。只是当这位姑娘介绍完时，其中一位老人向她挥了挥手请她出去，以便他们自己进行讨论。

怀着极坏的印象，佩吉照办了。蓝狗跟在后边也出来了。这些人身上表现出太多的顺从精神，为的是使自己的决定有一个好的结果。当珍妮出来后，只见她摇了摇头，表示情况不妙。因此，她们就无事可做了。这些老人拒绝和那里边的怪物作对，不愿给那个圣殿带来损害。

“他们马上要进行祈祷，”姑娘说，“他们说，只有神灵才能在那个外星上来的东西面前为我们求情。”

“这太蠢了！”佩吉·苏叹息着说，“那个怪兽马上就要成形了。如果我们现在不采取措施，我们就不能再接近它了，它会把这个地方扫平的。请你想一想，它并不是一个真正的活物，因此它是不可毁灭的。首先，它不会流血，其次，它身上没有一个人们可以破坏的有生命的器官。一旦它能够走动了，那就没有任何东西能阻止它。”

“那么你想怎么办呢？”珍妮把她悄悄地拉到外面来问。

“我们需要汽油。”佩吉·苏说，“趁着那些人造皮肤还没全部分布开的时候，我们先把它烧毁。此外，如果你能弄到一至两个烈性硝化甘油炸药筒，我们就能把那个机器人炸毁。”

珍妮叫她说话小点儿声。她说：

“注意！这个地方的人会对我们施加暴力的。就是那个瑞典人费尔格也反对我们。他们说，必须接受考验，这是我们向平原上的神鬼付出的代价，因为从前它们给过我们好处。”

“可是你呢！”佩吉说，“你知道他们说的是错的，对吧？那里边哪来的鬼神呢！”

她急得用手直摇这位小农民的双肩，珍妮很不高兴地挣开了。

“我什么也不知道，”她大声说，“你说得太多了，你把我搞糊涂了！再说，你也不是本地人，我们的风俗习惯你懂多少？”

她们快步走出村子。珍妮低着头，赌气地走着，她现在是不知所措。当她们回到废旧汽车场时，佩吉·苏停下来两次，把望远镜放在眼上观察。那些人工肌肉一直在扩散，按这个速度，这个寺院的废墟不出四十八小时便会被披上一层粉红色的肌肉。

“必须去寻找塞巴斯蒂安。”她对蓝狗说，“这次我们不能等着他醒了，情况太急迫。”

“完全同意你的看法，”蓝狗说，“大祸迫在眉睫，一旦那个怪物能走路，大家就再也不能接近它了，而塞巴斯蒂安呢，也就成了它肚子里的囚徒了。”

佩吉极力保持着镇定。这种人工肌肉，有那么大的力量能让这么大一座建筑离开地面，并让它在平原上走路？而且这么一大堆石块，对它来说不也太重了吗？

她有些怀疑。她曾看见过那些粉红色的肌肉让那些石像和它们的底座分离，也曾看见为了让它们像木偶一样走路，也让它们跌坏了膝盖和肘部……这种肌肉的力量是神奇的。

当这三位朋友越过废旧汽车场周围的铁栅栏时，珍妮把手放在佩吉的胳膊上说：

“我去修汽车，”她显得有点灰心，“然后我们就去寻找你那个小朋友，因为他一旦到了那个怪兽的肚子里，就成不了人形了，但我对摧毁它是无能为力的。你听见了吗？我不会做违反老人会议决定的事的。”

佩吉·苏很听话地点了点头。

“OK，”她说，“我不会要求你去做违反你意愿的事的，再说，我也不敢肯定我们还会碰到什么事情。”

第十八章
恐龙的俘虏

佩吉·苏坐在废旧汽车堆的顶上，看见村里的人都在广场上集合起来了，他们都跪在地上祈祷。只见他们的双眼都望着地，就好像不敢抬头观看他们前面的大雾，害怕大雾那边马上就会出现那个以石块为骨架的怪兽似的。

姑娘又把注意力转向城堡那边。人造肌肉已经不再向钟楼上爬了，因为钟楼顶上已覆盖了肌肉并已开始生长了。形状像个大圆包，看着像个脑袋……但这个脑袋既没有眼睛，也没有嘴。尽管距离较远，又有雾，但是轮廓还是清晰的，给人的印象就像看见一个恐龙的大长脖子一样。

什么样的史前动物会有这么大的身体呢？即使古生物当中

的雷龙，站在这个巨兽面前也会像个小蜥蜴那么大而已，它要是走起路来，一定像地震一样。

佩吉·苏曾不止一次地想，这事要不要通知军队或者是电视台……

“不能，”蓝狗插话说，“他们不会相信你的，再说，我敢打赌，村里老人会议也绝对不会让你离开这儿的……这些人是狂热的宗教信徒，你又不是没看见！他们宁可让这个来自外星的东西踩死，也不会站出来抵抗的。”

佩吉和蓝狗在那儿一直待到晚上，不停地观察着那些覆盖着隐修院的肌肉的进展情况。这些肌肉要想动摇这座泥水结构的建筑，尚嫌太单薄。但随着肌肉的生长，它们会加厚的，而且时间也不会太久！

夜间，佩吉·苏和蓝狗挤在一起休息。两个朋友一直不能入睡,都竖着耳朵，一想到听见那个巨兽第一声脚步时，就吓得要死。睡在睡袋里塞巴斯蒂安的形象也老是往姑娘的脑海里闯。

早晨，珍妮终于把那辆小货车修好并加满了油。由于一夜没睡，她两眼圈发黑，脸色苍白。她依然把头靠在发动机上，而且低着头，这样就可以不看平原那边出现的那些情况了。

“修好了，”她宣布说，“我把横锯的链条也上了润滑油，你可以用它把那座高墙锯开，就像小孩子切蛋糕一样。来吧！”

说着，她就转动了点火开关的钥匙。

佩吉·苏同意了，但心里却很紧张。她上了卡车，坐在满是油迹的车座位上，蓝狗卧在她脚边。珍妮坐在方向盘后边，抬着头，手中握着变速器。

“马上就去吗？”她又问，“你有把握能干这些事吗？”

不，佩吉对什么也没有把握。但她却依然前去。如果有必要，她还要到地狱里去找塞巴斯蒂安！

珍妮加大了速度。这辆小货车颠得厉害，而且有一股令人可疑的黑烟从发动机里冒出来，就好像汽车引擎盖下着了火一样。佩吉估计这辆车开不到半路就会起火，但却什么事都没发生。

“你到时候会帮我吗？”她转过头来问珍妮。

这个棕发姑娘连头也不转，并拒绝和她的眼光相遇。只听她说道：

“我不进花园。”这声音很低沉，“就停在墙旁边，以便帮你把你的小伙伴弄出去。我只能做这些。你不要再强迫我干别的。”

“我不会强迫你的，”佩吉舒了一口气，“但你却错了，你们大家都错了。必须毫不迟疑地立即摧毁那个机器人。”

珍妮菲尔没有出声。

来到墙脚下后，佩吉发现这堵墙又有了变化。只见那些外面覆盖着粉红色肌肉的石块，很像一个个巨大的鳞片。这面墙现在的样子就像一条鳄鱼的尾巴，而且也像一次强地震一样在地下破坏着这堵墙。这件事非常叫人着急。

“不能用锯把它锯开了。”佩吉·苏说，“这已经变得非常结实了……而且它也可能会反抗。”

“那么我们就从上面爬过去。”蓝狗这么提议，“但要抓紧时间，我想，那个怪家伙用不了多久就会把这些分散的肢体组合起来，目前仍然像一个拼图板一样，上面的图块仍然是分散的，要利用这个机会。”

珍妮离开座位，来到车后尾，拿出了一架大梯子，佩吉也过来帮她，然后就把它竖在墙上。

“这还不错。”珍妮带着赞美的口气说。

佩吉·苏不想耽误时间，她伸出左手像平时那样把蓝狗挟在腋下，用右手攀着梯子横梁就向上爬，这样，她一会儿就到了墙头上。这墙已经在平原上起伏扭动了，就像一条蛇。而且当你站在高处看的时候，这种动作就更加明显。

“加油，小姑娘！”蓝狗用心灵感应说，“马上就成功了。我不是常说吗：我们这已不是第一次向老虎嘴里探头了。不是吗？而且到目前为止，我们总能够平安地从虎口里逃出来！”

城堡的地理环境变得更复杂了。原先那些活的大树，现在又重新作了调整，已经是两棵一排地排列在教堂的两边，而包在它们外边的那些肌肉已同教堂的肌肉联成一个整体了。

“这是怪物的爪子，”佩吉想，“四棵树就是四只爪子……”

她的观察是正确的。机器人把一切都利用上了，一草一木也不放过。过不了多久，这个围墙就要分解、张开。这样一座长长的墙，它的四个角将消失，形成一个由石块和肌肉相混合的大管子一样的东西。这样一条巨大的长蛇将接在教堂的后部，这就形成了一条恐龙的尾巴。但这个机器人医生在哪里得到这个怪兽的原始形象呢？很可能就是按照它们原来那个星球上存在的动物来复制的。那样子像个梁龙，它只不过想在城堡内的废墟中把梁龙骨骼架起来而已。

在把防毒面具戴好后，佩吉便下到墙里面。她想，机器人会不会发现她的到来，并借助于她脑内的发射波了解她的意图呢？它会起而自卫吗？这个姑娘想不出对付这些庞然大物的办法。

当她来到通向废园的那条路前时，她停住了：隐修院的入口不见了。这个寺院所有的出入口都被增生的肌肉所堵住。这个新增生的肌肉把每个厅堂都覆盖上了。既没有出入的门，也没有透风的洞，整个寺院的形状现在就像一个大身躯，呈卵形，外面被一层粉红色肌肉覆盖。

佩吉·苏赶紧向门口跑去……或者说，向原先二十四小时都开着的那扇门跑去。她却一下子撞在富有弹性的人造肌肉上。这种肌肉温热而有活力。她举起双拳向墙上打去，却没有一点儿声音。通过这种半透明的薄膜，她看到一个影子向她走来，只见这个影子也和她一样用尽力气把这个挡在面前的障碍搞破，但并不是机器人。这是终于醒过来的塞巴斯蒂安！这个不幸的人在肉墙的里边手脚并用，连敲带打，并想用指甲把墙弄破，以便打出个通道。佩吉·苏这时想起，她腰带上还有一把刀子，她用颤抖的手从刀鞘里拔出刀子，毫不犹豫地刺出去。

她必须解放塞巴斯蒂安，把他从怪兽肚子里救出来。

就在她用尽力气连打带刺的时候，那把刀子刺进去，并发出一声闷响。开始，她认为是刀子把肌肉割破，但接着她就发现，那人造肌肉像横纹肌一样强烈地收缩起来，她花了很大力气来摇动那把刀子，用手使劲压那刀柄，并把全身都吊在刀柄上，像个登山运动员，抓住并吊在登山钉上一样。就这样，那刀子割开一个三十公分的缺口，但这个伤口却不出血，伤口处痉挛得厉害。墙那一边，塞巴斯蒂安也来到这个缺口处，把手指伸过去，想把这个缺口拉大。这时这个伤口被拉开了一些，这是个令人激动的窗口，那年轻人的面孔在里边出现了。

“塞巴斯蒂安！”佩吉·苏高喊，“塞巴斯蒂安！我马上把你弄出来，你躲开点，不然会伤着你的！”

“佩吉！”小伙子大声说，“是你吗？真他妈的！这里发生什么事啦？我是不是在做梦？这是一个坏梦，对吗？”

他声音中听不出一点惊慌的味道，只不过带着一种年轻人的怀疑神气。佩吉没有工夫向他解释关于恐龙的怪事。她只是喘着气，想把那刀子搞松动，抓住刀柄四处乱晃。她觉得自己就像拿着一把铅笔刀在和一条鲸鱼战斗一样。她再一次在刀柄上加大力量向下压，再向下压，以便使缺口大一些。用不了多久，这个伤口就可能会越来越大，大到可以让塞巴斯蒂安从里边钻出来……要不了多久……

她当时有一种感觉，觉得这个伤口会慢慢地自己收缩，并会自己愈合的，而且裂开的口子也会完好如初平整得连痕迹都不会留下。

于是她一边大声喊叫，一边使劲用刀子割这面有弹性的墙，但这时她已经慌乱得手忙脚乱了，想在墙上找个容易割破的地方。

"我来帮你忙！"蓝狗大声说。它对这种粉红色的肌肉很感兴趣，想大口地尝一尝。

但这种外星产品很讨厌它的攻击，把全部细胞都组织起来予以反击。这些细胞马上开始痉挛、收缩。那肌肉也一秒钟比一秒钟变得结实和坚硬，已经变得像古生物的霸王龙的皮一样那么硬了，再过一分钟它就可能变得像乌龟壳一样了。

突然，那把刀周围的肌肉开始痉挛起来，因为那刀像在皮下生了根一样，佩吉·苏已经拔不下来了。这位姑娘使出全身的力气也拔不出来，甚至双脚蹬住墙向外拔也没有任何作用。而塞巴斯蒂安这位被关在隐修院的俘虏，则使劲用指甲抓那面墙。但就在二十秒钟的时间，这肌肉从硬得像敲的鼓皮一样，一下子变得更硬了，变得像骨头一样了。佩吉含着眼泪放弃了那把刀，因为它就像长在石头中一般。

“塞巴斯蒂安！”她大叫，“塞巴斯蒂安！你听见了吗？”

不幸的是，这面越来越硬的肉墙已经透不过声音了。年轻姑娘努力控制着自己，她简直愁死了。她想，这缺口是不会再找到的了。这些怪肌肉把一切都包住了。这片废墟已经被橡胶样的皮围了个严严实实，而墙外的表层已经开始长出鳞片了。

随着这些肌肉的增厚，外墙的轮廓也渐渐显不出来，那些树也被肌肉包得不是原先的样子了，已经叫人看不出构成它们的原始材料是什么了。这个变得畸形的骨架是由各种杂乱东西组成，有树木，有石块，也有水泥和砂石，而且也已经形成了它的外部轮廓：一只巨大的怪兽，没有眼睛，长长的脖子，在平原上屹立着，那怕人的影子一直伸到村子里。

“它不会从地里自己拔出来的，”佩吉这样想，试图安慰自己，“因为它身躯太重，也太笨了。如果它的骨架能支撑它，那么它的肚子就得贴在地上！”

“那儿！”蓝狗叫了一声，因为它在地上发现了一个老鼠洞，“我们还能有运气可碰！”

佩吉赶忙趴下，对着这个洞喊塞巴斯蒂安。

“一定要让他快点，”蓝狗叫，“因为这个洞马上就要合起来……”

这时头脑乱糟糟的佩吉似乎听到珍妮在喊她。这个小农民站在梯子上已经把刚才的一切都看在眼里,她叫着让他们回来。

“这样做是没有用的，”她说，“你们已经帮不上他的忙了。他没有希望了，你们回来吧！”

幸好，这时塞巴斯蒂安又在那个缺口出现了。他使劲地向外爬。佩吉抓住他的双手拼命向外拉，蓝狗也下死力气咬那肌肉以便使缺口更大些。

“呸！”它嘴里塞着满满的东西，嘟囔着说，“一点也不好吃！就像嚼着一块发霉的橡皮。”

终于，塞巴斯蒂安摆脱了困境，来到自由天地，便立刻投入佩吉的怀抱。

“快点！”她喘着气说，“快离开这个地方！”

“你们这对情侣，快点儿吧，”蓝狗调侃着说，“这墙已经在动了！你们看，就像一条鳗鱼！”

这面围墙马上就要从中间一分为二，从而慢慢形成它的尾鳍[①]。得赶快逃跑，一旦这面墙形成了恐龙的尾巴，那就没有

① 这是科学用语，指的是动物的尾巴。——原注

任何人敢靠近这个庞大的怪物了，除非你不怕被它那么可怕的尾巴扫个骨断筋折。

佩吉扶着塞巴斯蒂安，赶紧向珍妮那边跑。隐修院的两侧也在抖动，强大的收缩力使得表皮肌肉都起了皱，那情形就好似这个外星怪物现在就想把这座死气沉沉的城堡从地上举起来。

塞巴斯蒂安爬到梯子顶上，在珍妮的帮助下，双脚真正地踏在墙外大平原的土地上。围墙在剧烈地收缩着，它有的地方已经离开地面，就像一个全身痉挛的大爬行动物。

三个年轻人纵身上了小卡车，蓝狗紧随着也跳了上去。珍妮走在最后，却忘记了竖在墙上的那张梯子。佩吉在梳理自己头发和擦脸时，看到那面墙上有一个伤痕。从那个可分解物体[①]要去动手术时起，这面墙就不再是一个一动不动的泥水砂石结构的方块了。它慢慢地变圆，变得像一个管状物。而那些代替方石接缝处砂石水泥的人造肌肉，从现在起就可以指挥这面墙的行动了。这种反常的混乱局面基于一个思想：组成一个协调的整体，使它能够成活，并且不惜一切代价使机器人搞成的这个恐龙骨架能够再生。

---

① 指塞巴斯蒂安。——原注

珍妮掉转车头，加大油门把车飞快地开走。

“这件事好险，”她嘟囔着说，“再等一会儿，你们就永远也出不来了。”

他们来到微型村的时候，又被另一种景象惊呆了。

那些猪和狗们竟成功地把那两辆在平原上拐来拐去自己跑的自行车给缴获了。只见它们围着两辆车子非常兴奋，就像一群饿狼，张开口，露出牙使劲啃咬包在自行车上的肌肉。

那上面的肌肉在奋力抵制，剧烈地抽搐着。自行车的人造肌肉上伤痕累累，正在那些猪狗的围攻下极力挣扎，使猪狗们无法把自己的牙齿咬进那些十分牢固的肌肉里。自行车自然不甘心被吃掉，因此它们的反抗，更激起了这些猪狗们的愤怒。

第十九章
恐龙开始出行

天刚一放亮，一种强烈的震动就把这几位年轻人吵醒。震动之强烈，竟使得废旧汽车场的棚顶也震动不停。佩吉已经经历过许多事变了，但像这样强烈的冲撞却也从未遇到过。他们休息的那个带篷汽车就在废车场旁边，里边的家具一下子被震了个乱七八糟，东倒西歪。珍妮的父亲又叫了起来，因为他一下子就被从那个长睡椅上掀起撞在铁皮墙上，然后又跌跌爬爬地回到自己的床具上。佩吉费了好大劲才从睡袋里爬出，额头上撞出一个肿块，血从左眉上部流了下来。她在乱糟糟的一堆家具中爬来爬去，终于发现塞巴斯蒂安和蓝狗并未受伤，才放了心。尽管此时她已恢复了镇定，但仍然觉得骨头被撞得疼痛，就好像自己体内的器官仍然没有复位。那只“恐龙”用大树当爪子，已把它的肚子同地面分离了。在它的肚子里，有一艘太空船，机器人等等。这头怪兽，现在要初试身手了。

佩吉又爬到那辆住人货车后部，门已经被撞开，外面的光射了进来，那灰色的光已经照在屋里每一件东西上。

狼狈不堪的佩吉终于爬出了这辆已经翻倒的货车。只见那些旧车辆框架上的肌肉继续猛长，扬起一片铁锈的尘土。她第一眼看的，便是耸立在地平线上的那个怪兽。这个家伙已经站立起来，由四棵大树支撑着它的身躯，正是它的四条腿。那堵围墙现在已变成一条大尾巴，正在轻轻地摆动。在怪物的肚子底下，开着一个大口子，里面装着隐修院的全部家当，还有那艘太空船。但最奇怪的却是这只巨兽，并没有人们平时所看到的史前爬行动物的那种可怕长相。实际上，它更像一个五岁的孩子在幼儿园班的手工课上模仿梁龙用泥膏捏出来的模型。这就使人觉得它的面貌没被完全塑造完毕，因为这只兽的头上没有眼，也没有嘴，腿上也没有爪子。因此尽管它大得出奇，但却不让人害怕。最糟的是，它是粉红色的！

塌天大祸——可能是世界末日到了吧？——就来自这个怪物，而它那副难看的长相，是任何一个科幻电影的导演所不能接受的。

“真是个原子香肠！”蓝狗说，“你看见了吗？它挺可爱的！就像一个橡皮玩具！”

“对，这个玩具的重量，比一般超级货船还重！”塞巴斯蒂安挖苦说。

佩吉这时又向废车场出口处跑去。她也不晓得自己在做什么，一些支离破碎的画面涌现在她的头脑中。她想到了她从前看过的几乎所有的魔幻电影，那里面出现的怪兽，都是嘴里喷着烈火，它所到之处，不论高楼大厦还是其他障碍，都能一头撞翻……这一幕即将出现，就在今天。一个世上没见过的巨兽，将会把所有挡在它路前的城市一举毁灭，就是这个盲眼怪物，而且还不能真正的算做活物！就是一片由破损城堡的废墟改造成的一只梁龙……

由于晨雾的阻挡，无法更清楚地观察这个庞然大物。透过笼罩在平原上的雾气，可以看到，它那细长的大脖子就像一个工厂的高烟筒。

终于，这个怪物开始迈步了。第一步，第二步……由那几棵百年大树支撑着的身躯，很难保持平衡，因此每当它迈出一步，总好像要向两边倾倒一样。它迈步向前走的落地声音，就像敲鼓一样震动着平原。

是的，就像敲鼓……这是一个被大家用乏了的比喻，但佩吉·苏却找不出别的更好的词来说明。大地在它的光脚下震动，就觉得地层太薄了，薄得像一张纸一样，这样剧烈的震动叫人无法站立。

佩吉想，大约西海岸地震中心的探测仪可以探测出这种震动的强度，如果那里的技术人员有兴趣探测的话，可以记录下始震的时间。

塞巴斯蒂安、珍妮和蓝狗赶上了她。尽管他们在走着，但仍然神情紧张地看着那个怪物的影子。只见它又在笔直地向前走了。它的脚每次落地，都在平原的泥地上留下又深又大的脚印。很可能它自己也并不晓得在向哪里去。它之所以走路，是因为它是个活物。而且，生命就是在不断活动。但在它那个空空的圆球形的头脑中却没有任何思想，自然也没有感情。当然，要顽强地生存下去的念头是有的。

"但它却是个瞎子！"佩吉喃喃地说,她的胳膊上起了一层鸡皮疙瘩，"这个地区马上就要被这盲恐龙给摧毁了……"

"它是向村子走去！"珍妮一面说，一面指着在雾里显露出的钟楼的尖顶。

佩吉想确定一下自己该干些什么。她在想，在科幻电影中，当那些巨大的怪物从地底下钻出来时，那些英雄们都是怎么表现的呢？那里面总是会出现飞机向怪兽俯冲下来，并用机枪扫射，或者会出现一些直升机，但却被怪兽一口咬碎。在一般情况下，这一切都不起任何作用，城市继续倒塌下去……

“走，去找那辆卡车，”她决定试一试，“我们跟着它，珍妮，你有硝化甘油炸药吗？”

硝化甘油炸药也未必有用，佩吉有这种预感，但她却又不甘心就此毫无作为，唉声叹气、愁眉苦脸地等下去直到被这个粉红色的东西在脚底下踩烂！

“如果我们能先炸掉它的一只爪子，”塞巴斯蒂安突然灵机一动说，“那它就会失去平衡，只能侧面爬了。这就会使它行动大大减慢……以后再想别的办法。不管怎么样，一定要阻止它在这里到处乱走。”

珍妮点了点头，她的嘴唇直抖，跑到一个小水泥屋子里，并从里面搬出一只箱子，只见箱子上画着一个骷髅。那是硝化甘油炸药。这种炸药这儿所有的农民都有，佩吉·苏知道。当地农民用这种炸药打井、盖房子时挖地基等。

几个年轻人爬上小卡车开走了。在平原上，那个怪物发现了他们卡车的影子，便开始用小碎步走路，这样比较有规律，步伐也不太乱。渐渐地，它就像一股在风暴中满载货物的航船，慢慢地向前移动，而且使人感到它老是向两侧倾斜，但随后又找到了平衡，继续走路。它每迈出一步都使土地震动，就像有一颗炸弹在地道里爆炸一样。

佩吉·苏认为，它的危险来自它的那条长尾巴，它像个大扫帚一样，不断地左右摇摆，扫荡着大地。只见那条大尾巴一会儿左，一会儿右，不停地晃动……把石块打得满天乱飞，把泥水弄得到处都是。这样搅起来的噪声使别人说话都听不到声音了。

珍妮专心地掌握着方向盘，开车紧紧跟在后面。由于那条大尾巴不住地摆动，很明显，他们是无法靠近这只大“梁龙”的，也无法开到它肚皮底下去。这一点正是佩吉原先估计到的。如果不想让尾巴扫到，小卡车就必须跟在这个东西的后面，尾随着它，也休想赶上它，因为它的尾巴摆动得特别快，它扭动着，拍打着，像条巨大的鞭子，那是任何东西也抵挡不住的，而且它走过的地方，一些小土岗立即便被削平，就像把巨大的镰刀来回砍着，只需三分钟，那个地方就能完全削平。

这个畜生现在正向村庄走去，而它走路引起的震动把村民房屋外面的泥层都震掉了。借助望远镜，佩吉·苏看到黑色城堡的居民们都聚集在村子的大广场上。只见他们不管是男是女一律跪在那里，双目紧闭，正在潜心祷告。这些人不理会危险越来越近，没有一个人抬起头来看一看。他们似乎被自己那念念有词的祷告所麻醉，似乎进入一种睡眠状态。这可以使他们免除恐惧。

珍妮猛地一转方向盘，才避开了大尾巴搅起来的一大片泥浆，尽管这样，车身还是落了些碎石和碎木块。

最后，怪兽进入了村庄，佩吉只听得房屋在咔咔作响，她看到钟楼的尖顶已经插进那个东西胸部的肌肉中，就像一把鱼叉一样插了进去。这时教堂已经倒塌了。这只恐龙继续若无其事地向前走，好像没有感觉，既不害怕也不疼痛。这种毫不在乎的神气，确实有点叫人胆寒，因为这正是一种它不怕任何攻击的展示。它就像一架机器一样向前进，凡有障碍，它都能一律扫除。

它的头和它的身躯已经出了被搅得乱七八糟的村庄，这时它的尾巴还刚刚进去。这就像一场龙卷风袭击过的地方，凡房屋、树木、碎石块等等一律都被卷上天。佩吉本能地抬起双臂，护住自己以免被落下来的碎物砸伤。蓝狗也紧紧地靠在她身旁。黑色城堡从天上倒塌下来，建筑材料变成了碎片。那怪物的尾巴搅动的力量之大，竟使得三层楼的住房飞到天上几十多米高，然后落在地上摔个粉碎，就像爆炸一样。

随后，灾难便降临到森林。那些大树被齐根截断，像小木棍一样被卷上天空，然后又像炸弹一样落在地上。有一些大树落下来又直直地插在泥沼中，有一些就四处飞散，其力量之大，对人身的威胁就像印第安人的弓箭。

佩吉和她的伙伴们在车里蜷缩成一团，祈祷着自己的小卡车不要让残砖碎瓦砸破。在他们周围，被截断的树木、被搅碎的房屋碎片继续飞舞，并发出巨响。

一切都搅乱了。佩吉原想捂住自己的耳朵不再听这条大尾巴搅出来的这可怕的声音，因为它已经把她周围的一切破坏光了。这条肉石结构的大鞭子什么都不放过，很容易看出，它将要以同样的方式攻击各大城市的高楼大厦。

这时一个无能为力的和可怕的想法出现在佩吉心头。她现在才明白，在这样一个巨大的恐龙面前，人们是毫无办法的。

在这个地球上，没有任何人能想出办法来，对这个家伙造成任何哪怕是最小的损害。因为在这个怪物的两肋间还带着那个机器人医生，它能以最快的速度，在极短时间内治好怪物的任何损伤！

这个黑色城堡的恐龙被设计、制造，其设计方案是要让它“存活”一千年。它只能到设计年份才死亡，绝不能提前，也没有任何英雄能出奇制胜地缩短它的寿命。

用人造肌肉包裹着的那些小动物，如老鼠、小虫子等，它们是不需吃东西的，除了走路，或者是那些肌肉疲劳了需休息之外，它们可以什么都不管。不错，这个肉石造成的恐龙还在走着，走着……而且要一直走一千年，一直到它寿终正寝。但到那个时候，地球上的生命也已叫它摧毁殆尽，它这样做不是因为仇恨，也不是因为贪婪，不，全都不是，惟一的原因就是因为它盲目地向前走路所致。

这是一个没有思想、身体蠢笨的庞然大物。这是一个巨无霸般的梦游者，它在睡梦中就把世界摧毁。它将要周游全世界，当遇到海洋时，它就转身再向回走。先是扫光树木，再回过头来削平山头，就像关在笼子里的老虎一样，在不停地转来转去。

有一棵树撞上了卡车的后部，使得卡车在原地打了个转。一时间佩吉觉得他们这些人肯定会被压扁的，但树干都落在距车篷两米远的地方，恰好没落在他们头顶上。

珍妮一下子离开了方向盘，一边攥着拳头放在嘴边，吓得直抖。

佩吉心中思忖，要逃出这一灾难只有一种运气，那就是由这个怪物向前走引起来的这种大震荡，能够引起一次真正的地震。是的，只有发生一次真正的地震才能拯救他们。那就是说，能够在怪物的肚皮下，地上裂开一条大缝，把它一直吞到地心，就解决了。但这种戏剧性的场面只能在电影上出现，即出现在影片即将结束的时候。那时候影片中的男主角正和他的年轻貌美的女朋友在硝烟弥漫的废墟中互相长久而热烈地亲吻着。

佩吉推了推珍妮，让她再回到驾驶座位上去。她想继续在这个怪物制造的混乱中，利用它偶尔停下来的机会见机行事。如果它能停下来，就可能有机会把硝化甘油炸药安放在它的一只脚旁。

还需要多长时间才能使这个怪物让人们看清楚呢？她心中暗想，目前，大雾还太浓，只能部分地看清楚。至于它走路引起来的地震，由于太阳还没真正地在天上露面，所以她并没在现场直接观察。此外，这个地区又特别偏僻，在地图上只标着几个小镇，而且一年到头这里的气候又都是极端恶劣。这个怪兽即将经过这个地方，即不毛之地的大平原和幻想中的城市。

一旦这个怪物经过这些不毛之地时，那别人可就见不着它

了。再说，当第一批报警信息传到警察署时，可以肯定地说，他们是不会重视的，原因很简单，他们认为这是荒诞不经的事……是不可能发生的事！要等警方当局采取行动时，需要取得各种证据，特别是需有可以信赖的见证人才行，那所需的时间岂不是太长了！此外，如果发生地震——或者人们把这些看成是地震——那前往察看的，只是巡逻小分队，至于警察呢，他们不管这方面的事，他们忙的只是如何防止在动乱中店铺不致被抢，他们哪里会关心一个什么传说的史前怪兽跑到野外去破坏一切呢！他们真正开始关心起来，也只能到这个怪兽的身影真正在地平线上出现时，即这个庞然大物开始夷平都市的大楼时。可到了那个时候，人们能做的又是什么呢？那就只有恐怖地喊叫，大街上人潮汹涌，局面就无法控制了。

珍妮又坐到驾驶位置，但要想在这种翻天覆地的变动中，在平原上行驶，那是十分困难了。佩吉想，从现在起，就只能见到这把镰刀到处挥舞了。再过几个月，这个国家不就变成了一片破砖烂瓦了吗！

“我们亲身经历了世界即将毁灭的第一天……”她苦涩地想。

在随后的半个小时之内，这个巨兽夷平了两个村庄。

佩吉一面思考一面看表，这个怪物从开始走路到现在，才刚刚四十分钟，可在她的印象中，他们跟在它后面已经有一个世纪了。

“在向海里走。”塞巴斯蒂安用不带感情的声调说。

“什么？”佩吉·苏大声问。

“这个怪兽……”小伙子说，“它在一直向海洋的方向走。按这个走法，再用一刻钟也就到了。”

“但它如果发现有水的话，肯定要改道，”佩吉估计说，“就可能沿着海滩走了。”

他们彼此再没有讲话，一直到在尘土飞扬中看到了明亮的波涛。在这个地方坡度很陡，这只恐龙由于本身重量的关系，走得较快。

“它肯定要停下，并且会改变前进的方向，因为在设计时，为保护它的生命，输进了这个程序，绝对不会把它推到水里淹死的。”

“你搞错了，”蓝狗插话说，“这家伙本来就不呼吸，它怎么能淹死呢？再说，它既没有嘴也没有肺呀！”

“这话不错，”佩吉说，“我糊涂了！外星人的皮肤可以在任何条件下存活，它的适应性非常强……”

珍妮把车煞住，怕搞不好滑到海里去。她把车横着停下了，并把车轮也扭转过去以防止滑坡。

只见那边那个巨兽正在跨过海滩，接着就向海里走去，根本没有犹豫一下。那海水撞在它的前胸上激起许多浪花和泡沫，就像一艘大船才从船坞下水一样。

佩吉打开车门爬到发动机防护盖上，以便更好地观察情况。这只巨兽笔直地前行一点儿也没改变，只见它若无其事地向前走，根本就不理会胸前的海水，水已经淹没了它一半多了，但它仍旧向深处走……

“真见鬼！”塞巴斯蒂安骂开了，“好像它并没有漂起来嘛,它越来越深了,你们看,它沉下去了!它要在海底下走了！”

不错，这个巨兽没有游泳，而是沿着海底的坡度继续向下走。而它身上充满了气体这件事，对它在海底行走丝毫没有影响。可能它的身体外形已经有了改变，在全身各处都打开了排气孔,就像鱼的鳃一样,通过这些孔道水就可以进到身里去了。

只有它那个长长的脖子仍然露在水面。十米长的一个粉红色的大圆管子，十分平滑，托着一个荒谬的圆球似的脑袋，上面既没有嘴也没有眼。

“它马上又要走了！”塞巴斯蒂安惊诧万分地说，“它要在大海底下继续漫步！”

就这样，这个丑八怪并没有淹死，它继续向下走，向下走，直到海底，直到人类从来没达到的深度。在那个黑暗的海底深处，水的压力对它也一点儿不起作用，因为它将会变成一个海下水栖动物。是的，它要继续在大洋底下散步，并随着海底旋涡而转动着……

珍妮和蓝狗也随着佩吉·苏和塞巴斯蒂安坐在发动机盖上。他们互相靠得紧紧的，看着这只恐龙离海岸越走越远，渐渐地被大海淹没了。开始时，它那只脑袋还露在水面，随后也看不见了。很难猜测怪物在海下会走到哪里去，因为下面巨大的旋涡在水面上都能看到它的水流。

“它离开了！”佩吉·苏一下子扑到塞巴斯蒂安怀里，说，“我们再也不会看到它了。”

小伙子抚摸着她的头发一句话不说，估计是他本想和她一起分享这个乐观主义的看法，但他却做不到。

“这个讨厌的小动物，”蓝狗调侃说，“因为它的肉滋味太不好，所以也就没有机会让鲨鱼把它吃了。”

第二十章

身上长鳞的小伙子

很快地，这个事实便变得很明显了，即自从那个怪物从地上站起来走路，到它走进海底这一段时间，附近的人除他们几人外，没有人见过它。为什么呢？因为那些有机会看到它走出来的人，现在都已经死了。只有佩吉·苏和她的朋友们了解这个从天而降的灾难的实情，了解这个把黑色城堡地区搅了个天翻地覆的实情。但他们一致的意见是对此保持沉默。

这已经在这个村子中引不起人们的注意了，除了在方圆一公里内还有些残砖碎瓦之外，再也见不到什么痕迹，就是那个微型村也已被那个怪物夷为平地。

佩吉和塞巴斯蒂安在废旧汽车场又停留了一个星期。当电视摄影车开来记录这些破败的景象时，他们和珍妮都闭门谢客、谢绝采访。因为他们不露面，这些记者们便得不到真实情况。当村子里恢复平静后，珍妮把那辆装甲小货车从水沟里用拖车拖了出来。

“你们可以走了，”她说着便打开发动机盖进行了一下开车前的例行检查，“你们现在留在这儿已经没有事可做了。”

这是一句肯定的话，而不是商量的口气。

佩吉建议她和他们一起进城，甚至还建议带上她的父亲，但她否定地耸了耸肩，就好像这完全是不可能的一样。

“我曾想过这件事，”她叹了一口气说，“我通盘地想了想，觉得我不能在那边生活，那是一个野蛮的社会。你们呢？你们还回来吗？”

佩吉·苏答应还回来，但她晓得，她们俩讲的话，实际上等于什么都没说。因为人们可能不想再见一次曾经和他共同经历过一场噩梦的人。

佩吉·苏、塞巴斯蒂安和蓝狗就此上了路。

很奇怪的是，他们这次行程，一路上沉默得很。三位朋友都觉得有些不舒服。这种不舒服感主要来自塞巴斯蒂安，他对另两位伙伴的态度似乎是保持着一段距离。就在最后这几天内，他总共没说上十句话。最经常的是，当别人和他讲话时，他只低声地嘟囔一句。他从前在魔法书店里用手拍死一个词后留下的花纹，曾在他皮肤上到处游走，现在又走到他的前额，并且组成了这样一个词组：

全面战争！

佩吉觉得这不是个很好的兆头。

由于怪兽出巡造成的破坏，使他们的返程路线绕了一个大弯子，因为许多道路因此被阻。

他们沿着海边行驶，每当他们停下来休息时，佩吉都从车上下来走到海滩上以观察海水的动静。

她晓得，那个恐龙就在海里，在海下的某一个地方，她试图搞清楚它在海下行动的路线。有时她对自己说，可能这个怪物已经掉进海底峡谷中了，只能在里边绕圈子，要是那样的话，那就可能在四千英尺深的海里了。她使出极大力气想使自己相信，那个丑八怪由于海底断层的原因，已经在水下迷了路出不来了，要在底下永远待下去，尽管它千方百计反复寻找出去的路，却永远也找不到……

但另一些时候，她好像又看到这个怪物在小心翼翼地迈着步子，以避免掉进深谷。她甚至看到它已经露出水面了，就在那边……在对面，在中国。有时又看到它在黑如石油般的波涛中出现。又见它出现在亚洲大陆上，正在长途跋涉，并穿过俄罗斯的大草原，正在向欧洲进发，它身后留下的是一片狼藉不堪的破败景象。然后就见到它一脚跨过了法兰西，好像这片国土小得可怜，然后又沉入大海。于是过了好几个月以后，人们又在海上看到了它，只见它正在向美洲大陆走去。终于有一天它在北美洲的佛罗里达海峡，在迈阿密出现了，于是一切又重新开始，而且永远都这么反复继续下去……而人们也已经习惯于这种动荡的生活。这个无眼怪物何时消失，何时再现，没有固定的日子。它根本不把面前的障碍物放在心上，而且似乎除了走路以外，没有其他念头，它的工作就是走路，走路，还是走路……

有一天晚上，他们是在卡车上睡的，佩吉·苏做了一个噩梦。

在梦中，她正站在一艘客轮的游廊甲板上，周围的大海一眼望不到边。塞巴斯蒂安正躺在一把帆布椅上闭着双眼晒太阳，他穿着一条鲜红的三角裤头，满身强壮的肌肉，显得特别帅。由于天气温暖，他就睡着了，半张着嘴，在很均匀地呼吸着，上嘴唇有薄薄的一层汗水。

就在这时，这个梦却变得使人很不舒服了。因为这时佩吉·苏忽然听到有人砸船的龙骨发出的钝响。她想把这些告诉船长并把塞巴斯蒂安唤醒，但却没有人听她的，蓝狗也睡得像死猪一样。她在无可奈何的情况下来到了底舱，就在她走进底舱的时候，当然这底舱是在吃水线以下的，她突然发现，那个怪兽的脑袋正在把船壳搞破。只见铁壳上出现了一个裂口，在裂口处露出了那东西的脑袋,还是没有眼睛,还是粉红色的……她便开始大叫起来，而这时海水也以极快的速度灌进舱来。就在这时，塞巴斯蒂安走下底舱，只听他不慌不忙地说道：

“不要担心，这个怪物是来找我的，没有别的意思……我应该和它走。这是在很久以前就预定了的。”

这个姑娘转过头来一看，只见这个青年人全身长满了鳞片，从头到脚。而他那一双鳄鱼眼睛已经变黄了。

就在这时，她醒了。

她满身大汗地站了起来，本能地把目光投向塞巴斯蒂安的躯体，他还在睡觉，但他额上那些黑色的字母，正像蚯蚓一样蠕动着。

“它还要改变内容，”佩吉暗想，“它正在组成某些字。”

她于是弯下腰仔细观察这些词。就在此时，塞巴斯蒂安皮肤上的词变成如下几个：

优者胜。

这时，她想到了正在伊桑格兰双塔堡等着她的外祖母。在他们不在的这段时间里，那边发生了什么事？这位老奶奶面对那些在全城广告牌上到处游走的魔法字词，她能顶得住吗？佩吉真希望她能坚持下来。好像有什么东西向她暗示，这一场奇特的遭遇，其解决办法，就在这个小城里。在那里，一切都已经开始了。

第二十一章
狼人的律法

他们费了好大力气，绕了许多路，终于回到了伊桑格兰双塔堡。

“这座城市已经没人了。”蓝狗把鼻子伸进橱窗里嗅了嗅说，“已经没有一个活人了。”

当他们的小卡车停在该城的主要街道上时，只见在所有招贴画和广告牌上的字都在奇怪地晃动着。那些魔法字词在不断地扭动，那些字母在向四处运动。

“它们好像都把背拱起来了，”蓝狗发现后说，“就像一只猫在生气时那样。”

塞巴斯蒂安小臂交叉着放在方向盘上，发出了一声不像人类的声音，并且露出了牙齿。佩吉·苏蜷缩在座位上。这时她向他望去，只见这个青年人的犬齿变得像獠牙一样了。

这一变化吓了她一跳，她已经无法和塞巴斯蒂安进行心灵感应来交谈了。每次她向他发出遥感信息时，总是会遇到一片嗡嗡作响的幕墙的阻挡，而且返回来的信息是一种带着喉音的，她根本就听不懂的语言。

听到发动机声音后，格拉妮·卡蒂赶紧跑出来迎接他们。车一停下来，佩吉便扑到外祖母的怀里。

“你无法想像，”她凑到外祖母的耳朵上说，“一切都乱了套。这是一个真正的灾难……你注意一下塞巴斯蒂安，他越来越怪了，我觉得他可能要变成一条鳄鱼。”

“你把来龙去脉给我讲一讲，”外祖母说，“同时我们一边吃点东西。就到这家餐馆里去吧，你在里边可以找到烤美味蜂窝饼的所有原料。”

但塞巴斯蒂安却不和她们一同进去，就像没听见她们谈话似的。

“他在用怪异的目光看我们。”蓝狗说，“好像他已不认识我们了。他的眼睛也变了颜色，变成黄的了，他的皮肤也变成暗绿色了。佩吉，叫我看，你应该考虑再换一个小朋友了！

你现在这一个，不久就会不存在了。”

格拉妮·卡蒂一声不响，但却十分注意地观察着这个年轻人。只见这个人又叫了一声，便笔直地向前跑去。这时一辆汽车在他前面挡住了他的路，但他却从车顶上跳了过去。

“看见了吗？他蹦跳的样子，就像一匹赛马。”蓝狗小声说，“这样不行的，你看他就像魔鬼附了体一样。”

拼命地跑了三十秒之后，这个小伙子便消失在一个拐弯处。

佩吉·苏一把抱住了她的外祖母，泪水便哗哗地流了下来。

“你过来，”外祖母说，“你把在黑色城堡发生的事，一件件讲出来，我们一定想办法解决。”

她们走进这家无人的餐馆，当佩吉·苏讲述他们在废墟里那些骇人听闻的冒险经历时，卡蒂·弗拉纳甘边准备蜂窝饼边听。蓝狗跳到一把椅子上，并要求给它一个和它毛色相配的盘子。和它在一起，你永远也不会感到寂寞的，而且它还有永远不枯竭的旺盛精力。因此，要选择冒险伙伴的话，它是最佳选择对象。

“我是伊桑格兰城里惟一还活着的人，”格拉妮·卡蒂说，“所有的人都逐步地被那些贴在门面墙上的魔法字词给控制住了。”

“多可怕呀！”佩吉惊叹着。

“我把书店里那些剩下的纸张都收集起来了。”说着老人舒了一口气，“我把有些被撕坏的、弄皱的都熨平、修补好，它们就可以不受风吹雨打了。我希望有朝一日能使它们恢复原来的面貌，因为它们依旧可能继续过着一种低级生活。这很奇怪，我还从未听说过这种魔法呢。”

“那么，塞巴斯蒂安怎么办呢？”姑娘忧心忡忡地问。

“现在也用不着欺骗自己了，”卡蒂·弗拉纳甘说，“他现在正在变成一个太空蜥蜴。那个机器人外科医生把他变成了一个外星人。我所不明白的是，为什么从书里跑出来的那些字词，匆匆忙忙地要把他打发到黑色城堡去。”

“完全正确，”蓝狗一边把自己盘子里的那块饼吃了个乱七八糟，一边表示同意她的意见，“我也觉得，我们从一开始就已被人摆布了……我们已经落入了一个设计得相当精密的圈套中。”

“不错，”佩吉·苏一边沉思一边说，“它们先给塞巴斯蒂安托了一个梦，让他去找那个魔法书店。由于我们的到达，引起了关在那里的那些字词的大逃亡……”

“它们一获得了自由，体积就开始变大，并开始控制这里的老百姓，”格拉妮·卡蒂补充说，“也就是在那个时候，它们把那位医生的地址告诉了塞巴斯蒂安。”

“就好像它们实际上已了解了那边的情况一样，”佩吉说，“这太奇怪了。”

“它们好像故意让他变成个大蜥蜴，这一点它们原先没做到。”蓝狗插话说，“这一切都是阴谋诡计。”

他们出了餐馆后，佩吉在路边上又转了好久，呼喊塞巴斯蒂安。但却听不到他的回答。只有风声在大街上呜咽，这更增加了这座无人城市的凄凉。

格拉妮·卡蒂用胳膊搂住了她外孙女的肩膀，然后悄悄地说：

“我们回旅馆吧。走了那么长的路，你该累了。明天情况会明朗些的。”

佩吉·苏夜间睡得很糟糕。天一放亮，她就拿起外祖母的望远镜，打开一扇窗户，站在住处最高的那层楼上观察这座城市。她没费事就发现了塞巴斯蒂安，他正在那条主要街道上奔跑。只见他把上衣脱掉，正在追赶那只耳朵上有伤痕的白猫，就好像他要捉住它当他的早餐一样。

“但愿他别把它吃下去！”佩吉心想。她被这个场面惊呆了。

“哼，”蓝狗不屑地说，“这有什么了不起的，一只猫，说到底也只不过是一只带毛的汉堡包而已。”

心情沉重的佩吉发现，只一夜的时间，这个年轻人的变化竟然那么大。他的皮肤现在已变成深绿色，并且布满了闪闪发光的鳞片，而且每只手都长出了爪子，并且沿着脊柱长出了一些骨刺形的东西（这可并不那么可爱）。惟一没变的，就是他的头还是原样……当然，他的头发和眼睛除外，因为头发已被鳞片所代替，眼睛变成黄色的了。

“是不是不太漂亮，嗯？”蓝狗也很难过地说，“但也应该看到事情好的一面，就是从今以后，就没有任何东西能刺痛他了。”

佩吉·苏没有心情回答它。这时在主要街道上，那个还是长着塞巴斯蒂安的脸面的东西，刚刚赶上那只白猫，并用爪子抓它的两肋。那只猫痛得尖叫了一声。只见它那身洁白的毛皮上流出了珍珠般的血滴，并且在那个地方还能看到深绿色的指甲，那是塞巴斯蒂安的。

“那是一种毒液，”蓝狗在风口上嗅了嗅，然后判断说，“在这个距离内我能够嗅出来。”

“他给它下了毒？”佩吉惊讶地说，她越来越沮丧了。

“这我不知道，”蓝狗说，“你看，他现在已不管那只猫了，他又向另一头跑去。不管怎么说，他无意吃它倒是真的。”

整整一个上午，这两位朋友就这样观察着塞巴斯蒂安在城市里到处乱跑。一会儿他追一条狗，一会儿又追另一只猫，有时甚至见到老鼠也追……追上它们，就用爪子抓它们，然后就又向别的地方跑。对这种动作，不管是佩吉还是蓝狗，都不明白其目的何在。

但当他们看到那只耳朵有伤的白猫再出现时，情况就变了，现在它身上已经布满了绿色的鳞片，那尾巴就像条大蜥蜴的尾巴。

“我好像明白是怎么回事了。”格拉妮·卡蒂说，“这是狼人的法则……任何活物，只要是被变狼妄想患者抓伤或咬伤，它自己也会变成狼人，这对塞巴斯蒂安也同样适用，他不想吃掉这些动物，他就想让它们变得和他的长相一样，他在为自己制造同伴……”

“他的指甲里藏有一种毒素。”佩吉·苏解释说。

“不，不是毒素，”老人纠正她说，“那是一种诱变物质，一旦这种物质进入对方的血液中，就可以加速它的变化。”

“这可能是，他不想当他这个种类的惟一的一个吧？”蓝狗说。

正当格拉妮·卡蒂准备回答时，她突然僵住了，双眼瞪得大大的，只见她用手指着广场周围的房屋。佩吉赶紧跑到窗前去看，只见那些大广告牌上，那些字母都组合成同一个词，十分有威胁性：

战争！

年轻的姑娘再也控制不住自己了，她的愤怒和不安终于爆发了。

“这是什么意思？”她对着那些房屋大叫，“你们要给我解释！”

仅在三十秒钟的时间，那些魔法词语又抖动了，就好像它们在商讨什么问题似的。经过一番讨论，它们又重新集合在一起。这时，它们那些字母便在门面墙上爬动，变换位置，并组成新词。这个景象叫人看了惊愕万分。只见那些特大的字母在爬行着，就像一队队的蚂蚁。经过这样一变动，旅馆对面大楼上的信息又出了新的内容。

“你好，地球上的小姑娘，”那些魔法词语组成了这样的话，“既然你想了解真相，我们可以告诉你。那就是你已介入了一场非常古老的战争之中，这场战争发生在几百万年之前的两个种族之间，就是蜥蜴族和巨鳗族。我们对此始终持反对态度，它们互相向对方提出领土要求……每当冲突爆发时，我们便不愿意在我们自己的星球上解决它，因为这样就有把我们星球毁灭的危险，所以我们就习惯于在另一个星球上对峙，在一个生成非常晚，而且体积小得多、居住者又愚蠢的星球，这就是地球了。”

“我懂了，”佩吉·苏插嘴说，“用这种方式，一旦战争爆发，你们自己就不会遭到破坏了。真想得出！”

“这实在是个明智之举，”魔法词语又说，“我们这样做已有几百年了。我们所有的战争都是在你们星球上进行的。那些战争十分可怕，有时竟把你们的地球搞得荒凉无人。就这样，在蛇年那场大战中，我们不小心把恐龙的种族给消灭了。”

佩吉·苏、格拉妮·卡蒂还有蓝狗，对自己的眼睛都产生了怀疑。因为当他们一读完出现在对面墙上的那些信息后，它们便马上消失，而且立即又组成新的内容，就像一本大书摆在你面前一样。

“我们的律法要求，两支对峙的军队，要在两只不同的飞船上作战。”魔法词语又写道，“在几百年之前，我们的两个种族都挑选出它们最优秀的战士，并把它们送到这儿来作战，每次都是如此……但是有一次，一阵陨星雨撞上了我们的火箭，使它受到严重的创伤。于是蜥蜴们的飞船便在黑色城堡坠毁。上面所有的战士都当场毙命，但驾驶人员却幸存了下来。这几个人经机器人医生的治疗后便好了起来，并努力建起了一堵很高的围墙以防地球人的火箭。这些驾驶人员都有病，而且身体又特别虚弱，因此也不晓得到底该做些什么，他们便在那里等待我们同他们建立联系以决定下一步的做法。”

“那么你们呢？”佩吉问。

“我们还算特别有运气，”词语又继续写下去，“我们的飞船虽然受损严重，但我们却成功地把它降落在这附近，即降落在伊桑格兰的森林里。那还是中世纪时期的事。很快地，当地农民便跑到他们的领主那里报告，说一群恶魔般的人藏在森林里。于是便来了一个可怕的魔法师，他使用一种我们一点也弄不明白的方法，很快就把我们俘虏了，并把我们关在一家准备做我们监狱的图书馆里，并硬性把我们压缩在那些魔法书里。地球上的小姑娘，后来的事你已经知道了。不管怎样，我们都在随时戒备着。时间尽管在流逝，但我们不愿意就此被消灭。我们知道，有朝一日我们总会逃出来的。又经过许多年的等待，我们终于对这个年轻人的思想感到讨厌了……这个年轻人就是你的朋友……叫塞巴斯蒂安，他非常想治好自己的病。他是我们一个理想的猎获物，很容易把他迷住。于是我们就给他托梦，把他引到那条蛇街……”

“但是为什么呢？”佩吉·苏问，“你们为什么非要逃跑不可呢？”

“一定要逃跑，”词语回答说，“我们要借助他执行我们的任务。我们在很久以前就来到这个地方了，目的是同蜥蜴作战……问题是，现在已经没有蜥蜴了，因为在它们的飞船撞破时，它们全部都死于非命。既然这样，就必须使我们的敌人再生。于是我们便向你们提供了机器人医生的线索，指望它能把你们改造成战士，从而重新选出一个蜥蜴类的品种。今天，这个条件即将成为现实。因为那个年轻人马上就会变成一个大蜥蜴，然后他将通过感染方式，制造出另外一些蜥蜴战士。当它们数量比较多时，战斗就将爆发了。时间很紧迫，因为我们才喝完伊桑格兰最后一批居民的血，再过几天我们就会变得衰弱了，气色也会变得苍白，如果再没有血喝，那我们就会消失。如果等到我们再回到刚从魔法书里逃出来的那种状态时，我们就等于一个死东西了。但这也不太重要，因为我们是战士，我们的任务就是要摧毁敌人。”

“这太蠢了！”佩吉·苏生气地说，“你们讲的那种战争，在几百年前就应该爆发，但却没有理由要在今天进行，它已经完全过时了！”

“地球上的小姑娘，”词语又写道，“你不相信我们的话，一百年以前，我们那个星球被一颗陨星毁灭，从那时起，我们就没有自己的家乡了，我们是最后的幸存者。”

“你们看！”佩吉·苏说，“你们该多蠢，你们不应该再找理由互相战斗了。”

“但这是我们战士的责任，”词语反驳说，“我们应该完成我们的任务，战斗也应该打起来，即使推迟几个世纪也要打，这是我们的荣誉所在。我们已经等不及了，我们等这次机会已经很久了。”

信息渐渐模糊了，那些字母也变成了看不清的黑点。

“这些肮脏的鼻涕虫，思想有多么狭隘！”佩吉愤怒地说，“这些东西简直不可理喻。”

她抑止住泪水，思想又跑到塞巴斯蒂安那里，他要是参加战斗，岂不是有可能被杀死！

“我看这一次，我们对事件估计不足。”格拉妮·卡蒂叹了口气说，“我可怜的小外孙女，我看我们不能阻止这场正在酝酿中的事态了。”

无论如何，佩吉也决心要说服塞巴斯蒂安。于是她在蓝狗陪同下离开旅馆向主要街道走去。这样做虽然是徒劳的，但忧虑使她头脑变得不清醒。还没走出三十米，她就看到那个青年人正在街那头站着。实际上，他现在已没有一点儿人类的形象。只见他短嘴，四只腿，用后腿支撑着站立，完全是一个蜥蜴的形象。在他周围的是他新结交的朋友：一些猫和狗，正在变化中，它们躯体的一部分已经长出了鳞片。这些东西组成了一个奇形怪状的队伍，并用爪子乱抓地面，看了叫人害怕。

“原子香肠！”蓝狗叫着，“我看，谈话用不了多长时间就会结束了，我们赶快回旅馆吧，然后紧紧锁上门，我们就待在里边别出来了。”

“不，”佩吉颤抖着说，“我要和他谈谈……他会听我的话的……我敢肯定，他还认识我。”

“胡闹！”蓝狗不耐烦地说，“他已不是塞巴斯蒂安了……

他已经是一个外星人了。他对你讲的那些是听不进去的。他还可能正想抓你一把，抓破了，让你也变成一个大蜥蜴呢。对他来说，你可能是加入他们那支军队最好的人选，也是他们的一个战士。如果我们还是站在这里不动，那我也会遭受同样的命运的。”

突然，只听“塞巴斯蒂安”用喉头发出一声钝钝的命令，那声音如低吼和饥饿的蜥蜴嘴巴开合的声音，听到命令后，这一群长着鳞片的队伍就向前冲去。

佩吉终于同意不再这么站下去了，并开始向旅馆跑去。在她后边，是那些怪物爪子踩在路面上的乱糟糟的响声。

这位年轻的姑娘又回头看了一眼，使她吃惊的是，她发现塞巴斯蒂安似乎是正在全力以赴地追她，那黄色的眼睛发着贪婪的光。过了一会儿，她没有劲了，又感到特别气馁，几乎跑不动了。她觉得为什么不能变得像他那样，并且为什么不能在即将发生的战斗中死在他身旁？

而且，如果第二天他和魔法词语的军队相遇，在战斗中被杀死的话，她还有勇气一个人活下去吗？她对此不敢肯定。

蓝狗猜想她可能已经很虚弱了，于是便用牙齿咬住她一只袖子，拉着她向前跑，以使她省些力气。

这样一来，他们同追他们的那些人的距离就拉大了。

他们最后使出全部力量，才跑进旅馆的接待大厅，然后便飞速地把铁卷帘门放下以免让追赶者进入。

他们在半明半暗的接待厅立了好半天，倾听着那些追赶者的爪子在铁卷门上抓得咔咔的响声。

第二十二章
幽灵们最后的战斗

“这很奇怪，或者说很悲惨，”格拉妮·卡蒂自言自语地说，“这真可以说是那些幽灵们互相对抗。那个人——蜥蜴品种，消失了，而魔法词语们之所以生存下来，那是因为把它们关在魔法书店的书里的那位魔法师的法术所致。如果把它们看成很久以前就已死去，那也不算错。因此，这一次的战斗，从某种意义上说，应该是一次幽灵的战斗。”

“这样说是对的，但我对这件事并不在意。”佩吉·苏说，“我在意的是，塞巴斯蒂安别在战斗中被杀。”

“我理解你，”老人家叹了口气说，“唉，可我们现在对他是无能为力了。你一靠近他，他就会用爪子抓你，而且只要被他抓伤，你也马上会变成身长鳞片的外星人。”

“可他原先多么想变成一个正常的人啊，”蓝狗说，“我就不相信他会心甘情愿地披着一张外星人的鳄鱼皮死去。”

“你给我住口，讨厌！”佩吉神经质地说，“据我所知，他还并没有死。”

年轻姑娘，她的外祖母，还有蓝狗，不久就会举手投降，这已是明摆着的事了，因为他们现在已被囚在旅馆里出不去了。如果说他们一旦要到大街上去的话，那么塞巴斯蒂安和他的战士们就会赶上来抓伤他们，把他们也变成外星人。

“我们应该以这个窗户为基点观看这场战斗，”蓝狗提议说，“就像古罗马的元老院议员坐在主席台上观看斗士战斗一样。”

佩吉·苏为自己不能到她朋友身边去而焦急万分。

格拉妮·卡蒂最害怕她这个外孙女会在最后一分钟的时候从窗户里跳下去。所以她的目光一直不离开她，以便如果她外孙女玩什么花样，一旦跨过窗台，她就会马上过去抓住她牛仔裤的腰带把她拉住。

“好了！”蓝狗高声叫着说，“发生怪事了，那些虫子词语们正在从广告牌上下来，要到大街上去集合了。”

不错，在全城的四面八方，那些词语们都纷纷从门面墙上下来，在地上爬行，就像成千上万的鼻涕虫一样，它们都在向城市的大广场方向运动。在这条大街的另一头，塞巴斯蒂安出现了，周围是他手下的战士。现在它们全都呈现出外星人的蜥蜴形象，短嘴巴，尖脊椎，骨头能刺人。这里边要数塞巴斯蒂安最大，也最强壮。只见他手里拿一把类似矛头一样的武器，特别锋利。很明显，一看就知道，那是用卡车的减震器造的。

“看，那些虫子词语！”蓝狗突然大喊，“它们合拢在一起了！它们汇集在一起为的是形成一个整体！”

佩吉·苏屏住呼吸。那些爬行的词语，现在正在掺和在一起，像一块可以揉搓的面团一样，只见它们互相结合，四堆合成两堆，两堆合成一堆，最后形成了一个大球。

只见这个大球在扭动，在增大，这样过了一分钟的光景，最后它们竟变成了一条大鳗鱼的形状，大小像一辆交通车。

“这是鳗鱼族的最后代表，在同蜥蜴族的残余进行战斗。”格拉妮·卡蒂自言自语地说，“这场表演就像古罗马的斗士在战斗一样。”

只听太空来的词语鳗鱼发出了一声可怕的嗥叫，作为对它的回答，“塞巴斯蒂安”也发出了一声战斗的呼喊，战斗就此开始了。

首先，人——鳄鱼方面派出了几名战斗员向邪恶的鳗鱼方发起了冲击。但鳗鱼方面以难以想像的快速反应化解了对方的冲击，一边向对方进攻一边仅用了三秒钟的时间就吸尽了对方的血，立刻使对手变成了咔咔响的纸片。但很快，塞巴斯蒂安就单枪匹马地来到这群蛇一样的队伍面前。幸好，他动作非常灵活，而且比那些鼻涕虫们要快得多，他便利用这个优势和它们玩捉迷藏游戏。他先是向它们挑衅，待它们冲上来的最后一秒钟又飞快地闪身躲开。他玩的是西班牙斗牛士的战术，先是引逗那只公牛使它发怒，待到公牛冲上来用那双利角来挑他的肚子时，他便很灵敏地躲避开来。每一个回合下来佩吉·苏都吓得发抖，觉得他身上可能会被弄个大洞，但他都能一转身就避开向他咬来的狼牙。

这一战斗持续了很长时间。有时候战斗的双方打到另一条街上，这边看不见了，这时佩吉紧张得气都喘不出，但不一会儿那条鳗鱼和那个蜥蜴又打到广场上来。塞巴斯蒂安挥动着他那柄矛头。鳗鱼的尾巴甩得咔咔直响，像条鞭子，伺机进攻。

“他很聪明，”格拉妮·卡蒂低声说，“你们看不出他想要做什么吗？他用的是疲劳战术，想用这种办法来消耗这些鼻涕虫的体力。这样一来，它们很快就会把刚才吸到肚子里的血消耗光。当你看到它们变得苍白时，那就是它们已筋疲力竭了。那时候塞巴斯蒂安会立刻施加杀手的。”

“那么，他必须坚持活到那个时候，”蓝狗自言自语地说，“他冒这么大的危险来挑逗它……他刚才算是有运气，但愿这种运气能保持下去。”

“鳗鱼由于报仇心切，已经失去了冷静，”佩吉悄悄地说，“如果它能有时间思考一下的话，它会明白，这是塞巴斯蒂安对它设的圈套。”

她为这个蜥蜴祈祷。尽管他变得奇丑无比，她仍然不希望他死去，因为在某种意义上讲，他仍然是塞巴斯蒂安。

战斗持续了一个多小时，曾经有三次，塞巴斯蒂安差一点就被鳗鱼的嘴给咬住。他全靠自己灵活的身手才幸免于难。但这时他身上的血已经到鳞片外边来，因为他的一只肩膀被那个家伙狠狠地咬了一口。他现在走路有些摇晃了，他实在也是太累了。

“好了！”格拉妮·卡蒂说，“现在那东西已经变色了……它那黑色的皮已变成深灰的了。它已经用光了身上的能量，它现在需要补充营养，但现在全城再也找不出一个人影了。”

“这不完全对，”佩吉说，“我们还在这儿呢……那东西会记得这件事的！”

这时，那东西就好像听到她这句话似的，只见它丢下塞巴斯蒂安便向旅馆爬来。因为它个头很大，会毫不费力地越过那扇窗户的，窗户后面就是佩吉、格拉妮·卡蒂和蓝狗。

“哎呀，哎呀！”蓝狗叫开了，“那东西直冲着我们来了。我想它是要在下一次战斗之前来吃点儿点心吧，我们应该躲一躲才好啊。”

他们没有时间了。那东西的嘴已经碰到门面墙，接着把窗户撞破，就想进屋子。只见它张着大嘴露出獠牙，正在寻找猎物，佩吉·苏把她外祖母和蓝狗推在一张沙发后面。

“它想吸血，”卡蒂·弗拉纳甘喊道，“你们没看见吗？它已经很明显地变了颜色了。”

她不能继续说下去了，因为那条鳗鱼已把门面墙弄坏。它工作很有效率，就像一个钻空机在矿下工作一样。佩吉·苏已看明白了，必须马上想办法解决这个问题，不然就会被它把血吸光。

正当这个吸血鬼向佩吉靠近时，只见它发出了一声疼痛的鸣叫，接着便跑了出去。在大街上，那个人——蜥蜴抓住这个机会，立即把铁矛插在了它的背上，像切一块香肠一样割了一道口子。

由于大量的出血，加速了它的颜色变化，这个怪物的皮肤已经变成浅灰色。这个怪物从旅馆出来后，就想再次和它的对手战斗，但却被对方刺了一铁矛。

佩吉赶紧从沙发后面跌跌撞撞地走了出来，向窗户跑去，其实是向那个怪物刚才在墙上弄出来的那个洞口跑去。

外边的广场上战斗已经结束。尽管那个人——蜥蜴满身是血，已经筋疲力竭，但他还是把那个怪物打得遍体鳞伤，正在一刀一刀地割。那家伙这时已变得苍白，差不多快死了。

这位身长鳞片的斗士退了回去，铁矛在头上挥舞着，并发出一声胜利的欢叫，这一声欢叫在冥王星上都能听到。冥王星是我们太阳系里距我们最远的一颗行星。

他的呼声刚停，便出现了一个能量大爆发，这是一个极强的电光，它照亮了天空，使太阳都变成了灰白色。佩吉急速后退，眼睛什么也看不见，头发都竖了起来。她周围的一切都在劈啪作响，电视机爆炸了，电灯起火了……

这个年轻的姑娘趴在地上不知所措，耳朵里嗡嗡作响，她确信自己已经死了。

这时最后一个想法出现在她头脑里：这样也许对她来说能更好一些，因为不管怎么说，她的塞巴斯蒂安不是也死了吗？

第二十三章
事情又走上了正轨

“在古希腊语中，”格拉妮·卡蒂自言自语地说，“‘世界末日’这个词的意思是‘再生’。这就是我们刚才所经历的那一幕。”

佩吉·苏这时用一个胳膊肘支着身子，她现在头发已绞在一起，样子很是难看，已被刚才由于大鳗鱼的死引起的电能大裂变吓糊涂了。

格拉妮·卡蒂扶她站了起来。

“你过来，”格拉妮·卡蒂说，“到窗户这边来。”

佩吉·苏便走了过去，好像并不晓得自己在做什么。她现在对什么也不在意，觉得什么都无所谓了。

但当她在窗口向下看时，她发现塞巴斯蒂安正躺在人行道上。这个塞巴斯蒂安，他终于恢复了人形！

“他还活着，”格拉妮·卡蒂匆忙地说，“我去检查过。”

“到底是怎么回事？”姑娘喃喃地说。

“这件事既非常简单，又非常复杂。”老人嘟囔着说，“事情又走上了正轨，就是这样。我曾经说过，这是一场幽灵间的大战，原本不应该发生的。这是违反万物逻辑的事情，也是违背常规的事情。不管是那个人——蜥蜴，还是那个大鳗鱼都不应该在那儿存在。只有那位魔法师用他的法术，把那些词语囚禁在魔法书店里以后，才引起了这个事件。当那个鳗鱼怪物死去后，它们所造成的灾难也就在同时失效了。”

“这样说来，现在的一切都恢复到像它们未出现以前的样子了？”佩吉问。

“是这样，”卡蒂回答说，“那些老好人描图纸，又恢复了生命，我已看见他们从书店里晃晃荡荡地出来，他们对所发生的事情一点儿都不理解。至于塞巴斯蒂安，他的创伤和鳞片已经消失。机器人医生的治疗也已恢复了正常的效应，但最好的办法，还是你自己对这一切加以思考、理解。你快跑去找他吧。”

佩吉来到大街上。蓝狗早已站在塞巴斯蒂安身旁，正在舔他的脸。

“哎！”当它看到姑娘走来时便开口了，“好像他已经真的长了人类的肌肉了，他已经不像从前那样满身沙土味儿了。”

佩吉伏在这个尚在昏迷不醒的青年人身上，把自己的嘴贴在他的嘴上，只觉得他的双唇很温暖且柔软。

“我不明白怎么会这样。”蓝狗说，“但这一切却非常成功。我们的塞巴斯蒂安今后就会由真正的又美味又结实的排骨组成了！我真想咬一口尝尝。最好在我还没从他左腿上咬下一块肉之前，他先别醒过来。”

这一次，佩吉·苏不再抑制自己的眼泪了，因为这是高兴的哭。

过了一段时间以后，佩吉·苏在一份报纸上读到一篇很奇怪的文章，是讲日本渔民们的一段奇遇。文章说，当他们把网拉上来时，打上来的竟是一些长着人脸的怪鱼！过了一个星期后，忙于研究这些奇怪鱼类的专家们还没来得及解释这些变种的原因，这些怪鱼就又变成了蜥蜴。

佩吉看罢这篇文章，便放下了报纸，她了解这是怎么回

事。那个机器人医生最后还是从那个石头恐龙的肚子里出来了。它在大海的深处，对一切都一无所知，便继续固执地按照原先给它输进去的那些程序工作。

“你别担心！”蓝狗对她说，“这个危险不太大。因为咸咸的海水用不了多久就会让它生锈。从现在起，不出两个月，氧化作用就使它瘫痪了，因此它就休想再能动一动。一年以后，它就会成为深海里锈迹斑斑的一座破铁雕像，而且它身上还会长满了贝壳和趴满了海星。因此这件事也就无声无息了，我们也就用不着担心害怕下一次还会出现这种情况！

附录一
作者的信

亲爱的读者，首先我要感谢你们的支持。每当我打开信箱，看到大批来自全世界各地的信件，我便非常感动，因为从现在起，佩吉·苏的故事已经传到中国去了！是你们这种热情使我继续把这个系列小说写下去的信念更加坚定了。和某些人想的相反，我对阅读各位的来信和电子邮件绝对不感到厌烦，而是因为人们来信的人数愈来愈多，以致我要还像一开始那样提起笔来给你们每个人回信便颇感困难了。因此，我每读完你们的每一封信，便为此感到遗憾。我还要感谢那些给我寄来美丽的图画的人。当我了解到佩吉·苏的故事使你们摆脱了烦闷，使你们能在一个梦幻的世界里漫游时，我便感到十分幸福。后面的那些信，只能代表你们众多信件的极小的一部分。

唉！要把这些信全部公布出来是不可能的，因为那样的话，所占的篇幅要比这本小说还要多！

再一次对各位忠实的读者表示感谢。感谢你们的热情和厚爱……不久你们将会看到佩吉·苏新的历险故事。

致衷心的问候！

塞奇·布鲁梭罗

附录二

读者来信[1]

我今年二十二岁，是加拿大魁北克一所大学文学专业的女大学生。由于上了小说封面的当，我把这本为儿童设计的封面的佩吉·苏给我八岁的小表妹买了一套。在送给她之前，为了便于向她介绍，我决定先翻阅一遍。才读了三页，就产生了爆炸性效果，我被惊呆了！这套书不是专对儿童所写，它们属于纯粹的诗篇！本书的编辑是在“青年文学读物”栏目下发表的这些书，他可能连一行都没读过！按我的意见，这部书的诗味是太足了。写这些小说的人肯定是个大诗人。它同如今充斥着

① 这些来信大部分是孩子写的，有许多人不到十岁。因此有的用词造句有些毛病，在翻译时基本照原文译出。——译注

书店的那些平庸的儿童读物的距离实在太远了。要善于品味出字里行间的味道来！有谁能了解个中的意思呢？

——玛加丽，二十二岁

把女孩子最后变成英雄，要比在一些书里的女孩总是跳舞，或者给穷人一些东西吃，或者耐心护理受伤的小马要好！我想说的是,女孩子除此以外还可以干别的事,我是这样想的！

——加爱尔，十一岁

我之所以喜欢佩吉·苏或者西格莉德，不是因为她们是公主、仙女或者女魔法师，而是因为她们在不幸的遭遇中锻炼得坚强起来了。她们一个是得不到父母的关爱,另一个是由一个流浪儿变成一名战士。她们都能从困境中摆脱出来而不流眼泪，我很喜欢这样。如果有男孩欺负她们，她们就打他们！太棒了！

——博尼亚，十五岁

我想提个建议：您能不能把书写得薄一点儿？我的许多朋友都不喜欢读厚书。我向他们讲述佩吉·苏的故事时，他们又特别喜欢！可我提出来借给他们读时，他们又不肯，说怕读厚书。因此我就想，如果您出的书能够别太厚，那您的读者就会多一些。我不晓得您知不知道，许多年轻人都不喜欢读书，只读一些特别薄的书（或者遇到厚书，他们就读不完，或者隔三

差五地跳着读）。就是这些，不知道您是怎样想的。

——奥雷利，十三岁

您能不能出一些袖珍本读物？因为厚书太贵了，我用我自己的钱买不起。

——多米奈塔，十二岁

谢谢这些神奇的故事，它们使我十一岁的儿子提高了读书兴趣。他在读完了哈利·波特的奇遇之后，又发现了佩吉·苏。作为圣诞礼物，他收到了三本佩吉·苏系列小说。我特别高兴，因为我也喜欢阅读，因此我也希望他除了玩游戏机以外更多地关心点儿别的事！他喜欢上了佩吉·苏，请您相信，我也是如此！我刚读完了佩吉·苏的前两卷，我期望着更多的传奇故事。

——一位再次向您拍手叫好的妈妈

我之所以喜欢佩吉·苏的故事，是因为里边没有暴力和死亡，甚至在同外星人的战争中，佩吉也都能想出办法以和平方式解决问题而避免流血！第四卷的结尾非常棒（如传奇树、风伙伴等）。可以说我从未见过这样有创造性的作者，到后来甚至会使我们想到作者塞奇·布鲁梭罗也是一个外星人，他到地球上来是为了给我们送来更大的幸福！

——热诺维叶夫，十五岁，现居住在日本

我叫米歇尔，今年十五岁，就在最近，我刚刚看完佩吉·苏的第四卷……我特别喜欢它！那真是天才的天才！您的书，就是一万吨重的重磅炸弹！这太了不起了，绝对的魔幻！您真是个天才。请您无论如何不要停笔不再写了，从而让我们不再能有美丽的幻想了。我的一些朋友对于我对文学阅读有这么大的兴趣不太理解，他们不懂得您的书就是我日常的兴奋剂！我也不想对他们多加解释，他们的知识太有限了……但这也不妨碍我对这本书的爱。这是一种极强烈的幻想剂！这样好，这样可以调动我的想像力并激发我的梦想。正因为有了您的书我才能够生活，这并非夸大。无论如何，佩吉·苏始终是最优秀的，这没有什么奇怪的，因为她是个女孩！

——米歇尔，十五岁

我叫奥德雷，今年十七岁。我要告诉您的是，我刚刚读完了“魔眼少女佩吉·苏”的第四卷《魔法动物园》。我觉得它太棒了，是超级天才，和前三卷一样。我希望佩吉·苏和塞巴斯蒂安将来会在一起。

——奥德雷，十七岁

我叫阿梅丽，我是佩吉·苏的伟大的崇拜者。我刚刚读完第四卷，它和前三卷一样好，一样棒。在平时，我不喜欢讲述

一些不真实事情的书（我讨厌“哈利·波特”），但这本书，那故事写得那么好，我贪婪地读它，如果没读完，我都不想放下。

——阿梅丽，十二岁

我叫艾罗迪，今年十七岁，我之所以报出年龄，是因为像我这种年龄的小伙子很少会是佩吉·苏迷的。像你们一样，我对这本书喜欢得发疯，同样，对所有布鲁梭罗写的书我都喜欢。我用了三天时间又重读了前四卷，这样也不坏。我写这封信，目的是想对抱有乐意把佩吉·苏同哈利·波特进行比较的人谈谈看法。各种不同的意见和一些看法使我气愤，一开始时，我喜欢哈利·波特和佩吉·苏，但是我觉得用不着对他们加以比较，也用不着你们对他们谩骂。

对我来说，所有的书都有一个共同的灵魂，都是真正的珍珠。那印在书上的字，就像千百颗金星。请你们尊重一些作者的作品吧。塞奇·布鲁梭罗在他的每一本书中都向我们奉献出他一小部分灵魂，因为他是用自己的心灵写的，因此，请尊重他的心灵吧。

——艾罗迪，十七岁

您真是天才！故事情节太好了！真棒！我不是在读，是在看。就像看动画片一样，我喜欢带着这种幻想进入梦乡。同佩吉·苏在一起，就是在天堂上：有鲜花，有色彩，有香气，还有天空……（描写得特别美）这是真正的幸福。我因此度过了许多幸福的夜晚，沉浸在诗意中。太棒了！

——玛丽娜，十七岁

我愿意对您让佩吉·苏走近文学领域表示感谢。我是一个十三岁的女孩，正在进入青春期，这使她在你美丽的故事中找到了归宿。我很快就把您写的这一系列小说如饥似渴地读完了。您不只是一位伟大的艺术家，您同时还是一位能使大家在头脑和心灵中产生美丽幻想的人。

——加米尔，十三岁

我和您的大多数读者一样，我向您写这封信，是为了对您写出那么好的作品表示祝贺。我叫坎达，十五岁，念中学一年级。我只想简单地对您说，佩吉·苏，太棒了，同样，您的想像力、您的文章、您的书，都是这样！我看完后就立刻被佩吉·苏征服了！您的书就像麻醉剂（但不是消极的麻醉），我不能离开它们了！您实在了不起。我要感谢您让我走出了现实世界而进入一个虚幻的世界！非常感谢！

我还想说明的是，那些说佩吉·苏没有什么了不起的人，是对她一点儿也不尊重，他们是完全错了！同样，把她同哈利·波特比也是可笑的，因为各有各的特点。

——坎达，十五岁

您所有的书都特别好，我希望以后还要有许多许多！

我特别羡慕您，因为我很小的时候，就想将来要当个女作家了。我很想多听听您的看法！

谢谢您给我们这么多好书！

——玛丽—克里斯蒂娜，十一岁，蒙特利尔

我叫米斯蒂娜，十五岁。我走过了您书中向我提供的风光带，我要向您说，您是个真正的天才！具有丰富的想像力！我希望您继续写出比前几部更好的书来。吻。

——米斯蒂娜，十五岁

我用了很少的时间就读完了“西格莉德和隐秘的世界”！它特别棒，特别美，特别酷！我喜欢！我用大写字母向您发这个E－mail，是为了向您表明您的书每时每刻都激动着我已经到了何种程度！它每分钟、每秒钟都使我激动！另外，不久我就要把它推荐给我全家人看！

西格莉德这个人物，比前几本书里的都好，塔克达也同样棒！龙的故事也特别神奇！我一直到读完都激动得心跳特别快！

西格莉德所在的那艘船上的人员也各不相同，并且都很棒！

而那个小水手，他也是船上的一员，再就是那些猴子，以及那个怪物的大肚皮，写得也都特别好！有太多的事情要说，有太多的事要评论，在这里我只能向您表示一千个感谢！再说下去，我就没有词儿了，只有对这本书表示感谢了！

实际上，在这本小说里，一切都非常出色！我从头到尾都贪婪地读过！所有的地方都那么吸引人和有魅力！

我得赶快去读西格莉德和佩吉·苏了！

我的头脑让你的故事搞得已经迷迷糊糊的了，就写到这儿吧！

——埃玛，十三岁

佩吉·苏系列，我已经沉浸在里边了，那时候我……已经大了。我今年四十岁，而且我喜欢读我孩子们（一个十一岁，一个十四岁）的书。我任凭佩吉·苏的三个传奇故事牵着我走，一个问题也不提，一点也不考虑它们的真假，只有惊奇……我向您透露，为了等待我孩子读完第三卷，我急得直跺脚。我祝愿这个系列能够永存。对布鲁梭罗先生能使我们尽情幻想表示感谢。

——卡提，四十岁

我的表姐克鲁埃给我买了佩吉·苏的第一卷。我读过了，我觉得它真太棒了！

我希望布鲁梭罗先生，至少再写六个别的佩吉·苏！

——玛丽卡，八岁半

我再一、再二，并且再三地读完了“西格莉德和隐秘的世界”的这两本书，我真的觉得它们太棒了！佩吉·苏也一样！我觉得所有的少年人（甚至也包括成年人）都应该读这些书！

——罗拉，十四岁

我刚刚读完了佩吉·苏系列的第四卷的《魔法动物园》，从里面可以得出如下结论：

想像+爱情+悬念+幽默+动作=佩吉·苏和幽灵们。

我选择了特别喜欢的《蓝狗时代》内容来进行阅读口述（因为我们的老师也读过这本书，并且也很喜欢），我和另一位小朋友共同对话，我讲了我的生活。

布鲁梭罗先生，您走的这条路这么好，请不要停下。我要把这本书向我所有的伙伴介绍，并对他们说：

“要快点读！”

又：我说没说过佩吉·苏的故事非常棒？

——莎比娜，十二岁，快十三了

我刚刚读完佩吉·苏的第四卷！那真是太伟大了，太棒了，太酷了，太高级了，太超高级了……此外再也找不到更合适的词儿来形容您的书了！它是那么卓越，使我无法来描写！我喜欢阿瓜利亚城，喜欢那条龙，那些“鲸鱼”，特别是那些电话！我真想能自己有一部！每时每刻都有悬念。每当我停下一段时间后，我总是赶紧再拿起书来读！

那些传奇树真的了不起，还有那些食肉植物……它们可真惊人！在您写未来的情况时，我非常相信蓝狗和佩吉·苏的外祖母都死了！

但是面对这样一部神奇的书，我们还能说什么呢！

读者给您的来信都挺好，我甚至觉得有些说缺点的信有点夸大其词！他们最好什么也别说！

——艾玛，十二岁

我有一个极——大——的想像力，我是超智商的孩子，没有人能够赶上我。可是塞奇·布鲁梭罗的书对我来说，使我感到恰到好处，这对女孩来说是好的。当我长大了时，我会做些比这更离奇的事，比如我去拍电影。他描写的那些东西，我一点儿也不惊奇。我可以肯定地说，如果我肯下力气，我会做得好得多。但是我却没有时间，因为我做的一些事远比写一些超越我们时代的书要严肃得多，而且这些书大人也不感兴趣。

——玛丽

我的名字是加拉德里埃尔。我喜欢布鲁梭罗给青年人写的作品。

我读他的第一部作品名字叫《云的老师》，由于我特别喜欢它，就又买了它的续集《彩虹的囚徒》。它被看为续集。但自我读过这两本书四至五年以来，续集就再没出过。因此，我的有一天会有一本的想法破灭了！但我还是等待着！我在想，为什么布鲁梭罗不出续集呢？那是件好事啊！

随后，我遇上了佩吉·苏，我很快就读完了它而且很高兴。就在书上市的那一天，我又买了第四卷，转眼就把它读完了。

西格莉德绝对了不起，这两套书我都喜欢。在布鲁梭罗的每一本书中，那想像都是没有边界的。再说，我喜欢那种永远读不完的系列小说，像佩吉·苏那样。我恨那些平铺直叙的书，那些书里，只有一个问题要解决。最好的就是那些事件完全出乎意料。塞奇·布鲁梭罗就是这样写的。我祝贺他！

我还希望这封信能在下一卷里公开发表，因为我想利用这一机会对那些贬低塞奇·布鲁梭罗小说的人，对那些说他没有想像力的人说，他们是笨蛋，并且想问一问他们："如果说布鲁梭罗没有想像力，那么你们所谓的想像力是什么呢？你们有权不喜欢他，但不能向他寄那些专门能使他失去为"那些永远不满意，永远都喜欢挑刺的青年人"的写作热情！是的，我明白，你们不在乎他继续写不写，但我要向你们指出的是，在这个地球上的不只是你们，请你们不要打扰我们，并且告诉你们，你们的目的永远也不会达到！"

这就是我要说的。我还要告诉您，如果您想发表这封信，就全文发表，不然就不要发表！

——加拉德里埃尔，十三岁

您好，我要对您说的是，塞奇·布鲁梭罗是我知道的最好的作家。

至于我个人呢，我不喜欢阅读。有一天我妈妈对我说，希望我能不时地读点书，于是她就给我买了一套“魔眼少女佩吉·苏”，我并不觉得遗憾。这是第一次我这么喜欢读这些书，同样也是我第一次读完了这么厚的书。如果后边还有，我会整夜不睡觉地去读！佩吉·苏这部书什么都有，有爱情，有悬念……我希望布鲁梭罗先生继续把佩吉·苏的故事写下去，写得和前三卷一样好。我祝贺布鲁梭罗先生，给我本人和所有的儿童带来了快乐。

——梅利娜，十五岁

请继续让我们这样幻想吧。

一个小女孩。

但却是您的一个大崇拜者。

——塞丽娜

我是佩吉·苏的崇拜者，而且请您不要再变动了。因为这样很好，但最好再多加一点爱情！我确实希望这个美好的故事继续下去。我还想告诉您，不要泄气，因为这是我所读过的最好的系列小说！特别是不要再加上那种动刀动枪，遍地流血之类的东西！

——莫德，魁北克

您好。我不知道这封信布鲁梭罗先生本人能否读到，重要的是让他知道有人给他写信，特别是……我们喜欢他的书！

——阿尔诺

我要感谢布鲁梭罗先生的杰出的小说。他这套书里，有三个成分是其他作者们所没有的，起码是在大多数作者中很少见。那就是很容易理解，怪异，但又结合一些现实生活。我读过好几百本书，您的书是最好的一种。我知道，这些话您经常能听到，但您确是一个伟大的儿童文学作家。

——玛丽娜，一个大追星族

我读过布鲁梭罗的佩吉·苏系列，他的想像力是无边的。我欣赏他这种写法，这是一位有才华的作家！

——莱斯丽

我要告诉您的是，佩吉·苏了不起，而这些书特别动人！

我喜欢第三卷！我喜欢它的故事是名副其实的虚幻！我

想，这只能在我睡梦中才有。我感到遗憾的是，佩吉·苏的那些朋友，她都不能带他们到处去走走，因为他们太脆弱了。什么时候他们才能变得正常呢？

不管怎么说，布鲁梭罗先生了不起！

——阿里斯卡娜

我想说的是佩吉·苏特别棒，但我看不出有和哈利·波特相比的必要。这完全不是一回事！我觉得说这书里有太多的流血和太多的战斗的那些男孩和女孩们太蠢了！好像这个世界暴力还不够似的！我觉得我所喜欢的是《沉睡的恶魔》，可惜的是那个结尾对男孩来说，太不好了。我从未想到会有这么一个结局。

——拉歇尔，十一岁，马赛

我叫阿加特，今年十一岁。

我问您，您是怎样找到的灵感？也就是说，您是怎样就决定了，有一天就开始讲述那个处在各种复杂的和不复杂的环境中的少女的？

我还想说的，就是您是一位伟大的艺术家，而佩吉·苏又是您的杰作。

我希望不久再见！

——阿加特

我是一个佩吉·苏的热心的女读者。我赞赏布鲁梭罗先生，他竟能写出这样一些书来！我告诉您，这三卷书我已经读了三遍了。特别是第三卷也很棒，在我不晓得一个行动的结果之前我是睡不着觉的。佩吉有一个可爱的外祖母，我也特别想能有那样一位外祖母！有一天，我父亲也会把这三卷书读完的。

——瓦朗蒂娜

我对佩吉·苏特别崇拜。我想，是否会有一天，有关佩吉·苏的东西能够拍卖……那就太好了！我读完第三卷已经三天了。我发觉，您的想像力越来越丰富！太棒了！我要喊：

塞奇·布鲁梭罗万岁！

佩吉·苏万岁！

——热拉尔诺，十岁

首先我要向您致谢，因为这是一本魔幻小说！我欣赏它！它有许多悬念，许多动作，但却也不妨碍它的那些浪漫场面，如佩吉和塞巴斯蒂安的互相拥抱以及双双掉进爱河等等！当然，我也知道这不是真的，这又是隐形人的恶作剧！

但它却表现得很真实，我都为此而落泪了！我要感谢作者塞奇·布鲁梭罗先生，感谢他以三百多页的篇幅，让我们这些幸福的人来阅读。我也为此表示祝贺，特别要祝贺他作为一个作家的天才和无限的想像力！

——佩吉·苏的一个崇拜者

我要说的是，当你读西格莉德时，你就很快地认识了作者。我非常喜欢作者的写作方式，特别是那种以悬念和幽默来结束故事的写法。我要对塞奇·布鲁梭罗说，他是一个了不起的作者。

——克莱尔

布鲁梭罗先生，您好！我读完了佩吉·苏的三卷小说，而且是今天才读完最后一卷的。在我用眼睛看着您这部杰作的结尾时，我也看到了，应该写信告诉您我们的批评意见。不管这些意见是好的还是坏的。我很欣赏您，每次在该卷结束之后，在书末都附上一些读者意见，而这些意见又不总是赞成您的写作的。至于我，我没有任何坏意见向您提，倒不如说是些赞扬的话！我非常喜欢佩吉·苏，喜欢蓝狗和塞巴斯蒂安……我也欣赏在第二卷里佩吉·苏恋爱的情节。这样她就特别像我们了，就是说像年轻人了。我喜欢，并欣赏您这三部书。我觉得我和许多人一样，更喜欢的是《沉睡的恶魔》，我也说不出为什么。我想，如果能有一部电影把佩吉·苏的冒险故事拍下来，给那些没读过您的小说的人看，岂不是更好！当我读您的书的时候，那一幕幕的场景就在我头脑中出现了。只需找一位称职的导演把我们亲爱的佩吉的故事搬上银幕就成了。关于哈利·波特，我也全部读过，我也非常喜欢。我认为佩吉和哈利的冒险故事相互差别很大，但却可以互相补充。我觉得，我们对佩吉·苏产生了许多特别的想法，因为我知道它的作者是个法国人，因此就更贴近我们。我还想知道，我说的这些是否打扰了您？佩吉·苏的故事，是否在美国和英国也有人读过？直爽地说，布鲁梭罗先生，我欣赏您，我觉得您是我最喜欢的作者之一。请您继续为我们写这么漂亮的故事，其中的秘密只有您自己知道。我提前谢谢您。

——米卡埃尔，十四岁

咕咕，我在这儿！佩吉·苏确实写得太好了！

我在开始时并不太想读它……后来我读了一本塞奇·布鲁梭罗的书，那实在神奇，我想，佩吉和幽灵们也应该差不多好吧……我现在正在读第三卷，但我还是更喜欢第二卷。太奇特了……其实，这本书没有什么特别的，但我却不能离开它了，甚至上学都迟到了。塞·布·，请您继续写下去，太棒了！要多写点儿塞巴斯蒂安……

又：凡是喜欢佩吉·苏的人，请你们也读一读西格莉德，是同一作者。

这两本书都特别动人……

——露西，十四岁

如果佩吉·苏还有什么新的奇遇故事，我还想知道，因为我特别喜欢这种奇遇。

我特别喜欢您写的东西。

再见。

——昂克利克

我觉得这本书太棒了，非常有意思，只要一读起来，就放不下……

我向所有的人推荐这本书，它特别神奇……

——克里斯泰尔